슬프고도 아름다운 어른 동화

달아실
한국소설
020

겨울 동화

글. 강기희

그림. 유진아

글쓴이의 말

눈으로 가득한 겨울 이야기를 하고 싶었습니다. 춥지만 따스함이 기대되는 이야기를 하고 싶었던 거지요. 어릴 적 도깨비가 있다는 도깨비소 앞에 살았습니다. 경치가 무척 아름다운 곳인데요. 장마철이면 폭포에서 떨어지는 물이 장관이었습니다. 너무 아름다워서였을까요. 도깨비소는 어린 내게 금단의 구역이었습니다.

어른들은 어느 때고 도깨비소에 얽힌 이야기를 해주었는데요. 그때 등장하는 뿔 달린 도깨비는 얼마나 무섭던지요. 어린 나로서는 감당하기 어려운 문제였습니다. 하여 어릴 땐 도깨비소로 접근도 하지 않았습니다. 도깨비가 잡아갈 줄만 알았거든요.

나이가 든 지금, 다시 도깨비소 옆에 살고 있습니다. 어릴 적 그렇게 무섭던 도깨비소가 이젠 하나도 무섭지 않습니다. 밤이 되면 도깨비를 찾아 어슬렁거리기도 하니 나이가 들긴 한 모양입니다. 도깨비소 인근엔 반딧불이가 많습니다. 도깨비 친구들이지요.

고향인 정선 덕산기계곡에 돌아오면서 도깨비와 도깨비소에 얽힌 이야기를 하고 싶었습니다. 책방에 고양이가 살고 있는 데다, 겨울철이면 해마다 아내와 만드는 눈 고양이를 등장시켜 평화를 이야기하고 싶었거든요. 작품을 쓰면서 <동화>라는 형식을 빌렸지만, 결말에 이르니 <아이들 동화>가 아닌 '슬프고도 아름다운' <어른 동화>가 되고 말았습니다. 이제 고백하지만 작품을 쓰며 내 눈에도 눈물이 촉촉하게 고인 적 있었거든요.

2023년 여름
강기희

5

남편과 나는 마당에 쌓인 눈을 치우면서 해마다 이런저런 눈고양이들을 만들었었다. 그때마다 남편은 눈고양이를 주인공으로 동화를 쓰면 좋겠다고, 나에게 써보라고 권하곤 했다. 나는 그때마다 못 들은 척했다. 태생적으로 죽을 운명(?)을 가진 눈고양이의 슬픈 삶을 쓰기 싫었다.

남편이 폐암 말기 선고를 받고 투병을 하는 긴 겨울에는 눈 치우기 힘들어서 눈고양이도 더 이상 만들지 못했다. 그때 남편은 마당에 눈고양이를 만들어 세우는 대신 책상 앞에서 글로 눈고양이를 만들었다. 그리고 이번에는 내게 어울리는 그림을 그려보라고 재촉하기 시작했다.

남편이 쓴 글을 읽어보니 과연 내 염려대로 눈고양이는 죽었고, 남편도 우리 곁을 떠났다. 글 속에는 히포크라테스를 상상하며 만들어낸 요정 '히포'가 죽어가는 눈고양이를 되살려놓는 장면이 그려져 있다. 아마도 남편은 투병 중에 그런 기적을 꿈꿨을지도 모르겠다.

살아 있을 때 그림 그려서 함께 만든 책을 펼쳐보자는 소원을 들어주지 못했다. 솔직히 자신이 없었고, 그림을 전문으로 그리는 사람도 많은데 내가 할 수 있는 일이 아니라고 생각했기 때문에 섣불리 나서기 힘들었다. 그림을 그리느라 글을 다시 읽다 보니 컴퓨터 앞에 앉아 마지막 글을 쓰던 남편이 떠올라 무척 힘들었다. 남편이 떠난 후 서툴고 부족하기만 한 그림을 이제야 완성했다. 누구보다 좋아했을 남편에게 많이 늦어서 너무 미안하다.

2024년 여름
아내 유진아

|차례|

1

　짧은 겨울 해가 산정 높이 걸리는가 싶더니 바람이 거칠게 일었다. 바싹 마른 낙엽이 공중으로 흩어지자 해는 꼴깍 산을 넘어 몸을 숨겼다. 어둠이 밀려온 골짜기엔 눈발이 날리기 시작했다. 눈을 몰고 온 바람은 밤새 문풍지를 흔들었다. 그 소리는 새벽이 되어서야 멀리 달아났고, 바람이 그친 후 골짜기에 폭설이 쏟아졌다.

　날이 밝자 새들이 먼저 하늘을 날았다. 새들은 풀대궁에 얹힌 눈을 털어내며 아침을 준비했다. 새들이 이리저리 자리를 옮기며 마른 풀씨를 쪼아 먹고 있을 때였다. 문이 끼익 열리며 주인이 나왔다. 눈이 가로막아 문 열기도 힘겨웠다.

　"아이구, 뭔 눈이 이리도 많이 내렸을꼬. 눈이 처마 댓돌을 다 덮었네."

얼마나 많은 눈이 내렸는지 길과 마당을 구별할 수 없었다. 눈으로 인해 사라진 것은 길과 마당뿐이 아니었다. 책방 주변에 있던 사물 모두가 눈에 묻히면서 어디에 도끼와 장작이 쌓였고 눈길을 낼 넉가래가 어디에 있는지 짐작도 되지 않았다.

'저 눈을 어찌한담.'

골짜기에 책방을 연 이래 가장 많은 눈이 내린 것이다. 난감한 듯 잠시 생각에 잠겨 주변을 살피던 주인은 뒤란으로 갔다. 나무로 만든 낡은 삽이 눈에 띄었다. 아궁이 재를 퍼내던, 그나마 요즘엔 사용하지 않던 목삽이었다. 목삽으로 간신히 길을 낸 책방 주인은 장작과 불쏘시개를 찾아 책방 난로에 불을 지폈다. 연기가 폭폭 피어오르자 그사이 책방 아내는 아침밥을 짓고 청국장을 끓였다.

"간밤, 도깨비들이 다녀간 모양이에요. 이렇게 많은 눈이 내리다니."

아내가 아침상을 차리며 말했다. 아내는 골짜기에 오랫동안 전해지는 도깨비 전설을 믿고 있었다. 아내가 믿고 있는 도깨비 전설이란 다음과 같다. 도깨비들이 잔치를 벌이며 방망이를 두들기면 어느 땐 금은보화가 쏟아지고 어느 땐 하늘에서 눈이 쏟아지고 어느 땐 땅이 갈라지며 큰비가 내리고 어느 땐 전쟁이 나고 어느 땐 싸우던 사람들이 무기를 버리고 땅을 갈아 농사를 짓는다는 등의 이야기다. 조금은 터무니없다 싶은 이야기지만 간밤 예보도 없던 폭설이 내렸으니 아내 말처럼 도깨비가 다녀간 게 맞을 수도 있다는 생각이 들었다.

"정말로 당신이 꿈꾸던 동화 속 나라가 만들어졌군요."

"참으로 아름다워요. 그렇지 않나요?"

아내는 식사를 하다 말고 창밖으로 시선을 던졌다. 식사를 마친 주인은 책방 문을 열었다.

"아무도 오지 않을 텐데 책방 문은 왜 열어요?"

아내가 묻자 주인이 웃으며 말했다.

"책도 눈 구경하라고요."

아내가 까르르 웃었다. 웃는 아내는 예쁘다. 오늘은 폭설 이후라 사람 대신 바람과 햇살이 책방을 다녀갈 것이었다. 아내가 책을 정리하는 동안 주인은 책방 주변으로 길을 냈다. 문제는 마당 가득 쌓인 눈이었다. 치우기엔 너무 많고 녹을 때까지 그냥 두자니 골짜기의 겨울이 너무 길었다. 남편의 고민을 눈치챈 듯 아내가 말했다.

"눈도 많은데 우리 눈 조각이나 만들까요?"

눈 조각을 만들면 자연스럽게 마당 눈이 치워지지 않겠

냐는 거였다. 아내의 제안에 책방 주인은 "오, 그거 좋은 생각이오." 하며 엄지를 치켜세웠다.

방한복으로 갈아입은 주인과 아내는 눈 조각을 만들기 시작했다. 시간 가는 줄 모르고 눈을 모아 굴리고 쌓고 다져 나갔다. 손끝은 시렸지만 이마에는 땀이 송글송글 맺혔다.

"뭘 만드는 거요?"

아내의 작업을 물끄러미 지켜보던 남편이 물었다.

"까뮈 친구를 만들어주고 있어요. 혼자라 심심해하거든요."

까뮈는 책방에서 키우는 검은 고양이다. 아내가 좋아하는 소설 『이방인』을 쓴 알제리 작가 알베르 까뮈를 따라 지어준 이름이다. 까뮈는 책방 고양이답게 주인 따라 책방 안으로 들어온다. 그리고 발톱을 세워 벅벅 긁으며, 마치 점자책 읽듯 책을 읽는 고양이다.

"나는 당신에게 줄 선물을 만들고 있어요."

아내가 "뭘까요?" 하며 남편이 만든 눈 조각을 살폈다.

"물매화? 내게 주는 거예요? 한겨울에 꽃 선물이라니. 고마워요, 당신!"

아내는 물매화를 좋아했다. 봄에 피는 매화와 달리 물매화는 가을에 피었다. 구월 중순에 꽃대를 밀어 올린 물매화는 시월에 절정을 이루다가 단풍이 물들면 슬며시 사라졌다. 물매화 중에서도 왕관 모양 꽃술에 붉은 립스틱을 바른 듯한 물매화가 가장 인기를 끌었다. 사람들은 그 꽃을 '립스틱 물매화'라고 불렀다. 립스틱 물매화가 피면 사진을 찍기 위해 먼 길을 달려온다.

"어때요, 립스틱 물매화 같소?"

붉은 단풍잎으로 물매화 입술을 만든 남편이 아내에게

물었다.

"어머, 진짜 똑같아요! 이름도 지어줘요."

"이름? 으음, 플로라라고 부를까요?"

"플로라? 아주 어울리는 예쁜 이름이에요."

아내가 기뻐하자 남편은 '플로라'라는 이름을 새겨주었다.
아내가 만든 눈고양이는 발밑에 책을 펼쳐놓고 있었다.
책방에 어울리는 고양이라는 생각이 들었다. 남편이 물매
화 이름을 '플로라'라고 짓자 아내는 눈고양이 이름을 '눈
바'라고 지어주었다.

눈바는 예전 집 마당에서 키우던 고양이인데, 이삿짐을
싣자 아내를 따라 차에 올라탔다. 그런데 골짜기로 이사
오자마자 이웃집 개들에게 쫓겨 뒷산으로 달아났다. 낯선
곳에서 달아난 눈바는 책방으로 돌아오지 않았다. 아내는
눈바를 찾아다니며 며칠 동안 울었다.

아내가 점심을 준비하는 사이 남편은 고양이와 물매화를 마무리했다. 그림붓과 구슬 목걸이로 고양이 눈과 콧수염을 만들고 물매화 꽃술도 만들었다. 눈바와 플로라가 만들어지자 책방 앞마당은 마치 눈 조각 전시장처럼 화사해졌다.

오후 시간 책방에 손님이 들었다. 폭설을 뚫고 온 이는 서은혜 사진 작가였다. 그녀는 문화재단 지원으로 '골짜기의 사계'라는 작품집을 준비하며 골짜기 사람들이 살아가는 모습이나 동식물 등 풍경을 카메라에 담고 있었다. 간밤 골짜기에 폭설이 내렸다는 소식을 듣고 급히 달려왔다고 했다.

"오늘은 아무도 안 올 줄 알았더니 서 작가가 오네."

"이 멋진 눈을 두고 집에 있을 수 있어야지요."

"아무렴, 서 작가가 아니면 누가 이런 풍경을 기록하겠나?"

"선생님, 풍경 사진을 많이 담아봤지만 이토록 아름다운 겨울 풍경은 처음 봐요. 어디를 찍어도 작품 같아요. 걸어 들어온 보람이 있어요."

서 작가가 쉴 새 없이 카메라 셔터를 누르며 말했다.

"도깨비가 한 짓이니 그럴 만도 하겠지."

"도깨비요?"

서 작가가 무슨 말인지 모르겠다는 듯 되묻자 아내가 골짜기에 전해 내려오는 전설을 이야기했다.

"아하, 그렇군요. 오늘 풍경을 보니까 그럴 만해요. 안 본 사람은 절대 몰라요. 이런 장관은 인간이 만들 수 없죠. 도깨비 관련설 저도 동의합니다."

서 작가는 눈바와 플로라도 카메라에 담았다.

2

골짜기에 어둠이 내렸다. 그믐이라 별이 초롱했다. 그럼에도 설국으로 변한 골짜기는 산등성이로 지나가는 짐승이 보일 정도로 훤했다. 밤이 깊어가면서 찬바람이 일기 시작했고, 기온도 급강하했다. 남편이 켜둔 라디오에선 한파주의보가 내려졌다며 수도와 보일러 동파 사고에 주의하라는 당부가 숨가쁘게 이어졌다. 책방 창문에 성에도 허옇게 차오르기 시작했고, 설거지통을 비우러 나갔던 아내의 손이 문고리에 쩍쩍 들러붙기도 했다.

"날이 부쩍 추워졌어요. 아궁이에 군불을 많이 넣어야겠어요."

밖에 나갔던 아내가 몹시 추운지 몸을 움츠렸다. 남편은 "어서 이리 와요." 하며 아궁이에 장작을 가득 넣었다. 남편은 불씨가 아궁이 밖으로 나오지 않게 단속한 후 책방 문을 닫았다.

모두가 잠에 빠져든 시간, 누군가 책방 마당을 어슬렁거렸다. 지난여름 도깨비 궁에서 쫓겨난 불량 도깨비였다. 반딧불이에게 몹쓸 짓을 했다가 벌을 받았다는 소문이 돌았으나 확인할 방법은 없었다. 마당을 기웃거리던 도깨비가 "이건 뭐야. 못 보던 것들이 있네?" 했다.

"이건 고양이고 이건 꽃인데, 눈바와 플로라라… 어울리지 않는 조합이로군."

도깨비는 눈 조각을 이리저리 살피며 중얼거렸다. 잠시 머뭇거리던 도깨비는 마당 주변을 한 번 휘둘러보고는 방망이를 치켜들었다.

"미안하지만 플로라는 내가 깨워야겠어. 이렇게 어여쁜 물매화를 고양이같이 멍청한 놈에게 줄 순 없지. '단테의 정원'으로 데려가자."

도깨비가 방망이를 내리치며 소리쳤다.

"플로라야, 깨어나랏! 야잇!"

그 소리에 플로라와 눈바가 잠에서 깨어나며 기지개를
켰다.

"아함, 잘 잤다."

눈바가 플로라에게 먼저 인사를 건넸다.

"안녕 플로라, 난 책 읽는 고양이 눈바야."

"난 물매화 플로라야, 반가워."

눈바와 플로라가 마주 보며 웃었다. 그 모습을 지켜보던 도깨비가 "허, 얘네들 봐라. 잠에서 깨어나게 해준 나한테 고맙다는 말도 없이 자기들끼리 놀고 있네."라며 투덜거렸다.

"근데, 넌 누구니?"

눈바가 도깨비에게 물었다.

"뿔테 안경 쓴 거 보면 모르겠니? 나는 도깨비 철학자 단테야."

도깨비가 뿔테 안경을 밀어 올리며 말했다.

"도·깨·비·철·학·자·단·테?"

'재미있는 이름이다.' 눈바는 단테와 친하게 지내고 싶었다.

"근데 난 왜 깨웠니?"

"난 널 깨운 적 없는데?"

"무슨 소리야? 방금 전 방망이를 내리치며 소리쳤잖아. 깨어나랏, 야잇."

눈바가 단테를 흉내냈다.

"아, 그건 플로라를 깨우기 위해 그런 거지. 난 고양이를 좋아하지도 않는데 널 왜 깨우겠니?"

"고양이를 좋아하지 않는다고?"

눈바는 갑자기 섭섭해져서 발톱을 뾰족하게 내밀었다.

"어어, 그러지 마. 난 고양이 발톱이 정말 무서워."

단테가 도리질하며 뒤로 물러났다. 그러자 이번엔 플로라가 나섰다.

"그렇다면 나는 왜 깨웠니?"

"심심해서."

"심심해서? 넌 심심하다고 아무나 깨우니?"

플로라가 새초롬한 표정을 지었다.

"날도 춥고 하니 한번 놀아보자고 깨운 거지 딴생각은 없어."

"칫, 음흉한 녀석. 난 네가 지난여름에 한 짓을 다 알고 있어. 반딧불이 희롱하다가 깨비궁에서 쫓겨났다던데."

"어어, 그러지 마. 그건 헛소문이야. 내가 반딧불이를 왜 희롱하겠어?"

"그런데 궁에선 왜 쫓겨나니?"

"그거야 뭐…."

단테가 말을 얼버무리더니 "아, 좋아. 심심해서라는 말은 취소하지. 대신 사과하는 의미로 좋은 구경시켜줄 테니 날 따라와." 하며 눈길을 앞장섰다.

"어딜 가는데?"

눈바와 플로라가 동시에 물었다.

"따라와 보면 알아. 지금 궁에선 너희 같은 애들은 절대로 볼 수 없는 일이 벌어지고 있거든."

"그게 뭘까? 우리 가볼래?"

플로라가 눈바에게 물었다.

"좋아, 가자. 내 등에 타!"

눈바가 등을 내밀었다. 플로라를 등에 태운 눈바는 단테를 따라 밤길을 나섰다. 눈바가 걸음을 떼어놓을 때마다 휘청휘청 흔들리자 플로라가 "야호, 백마 탄 공주가 된 기분이야." 했다.

"플로라, 그러다 떨어지면 다치니까 꼭 붙들어."

눈바가 꼬리를 곧추세우며 말했다.

"알겠어. 눈바, 출발!"

3

책방 근처에는 '도깨비소'라 불리는 곳이 있었다. 크고 높은 바위 절벽 사이로 검푸른 물이 흐르는 곳이었다. 도깨비소를 지나자 단테가 조심스럽게 살피고는 좁은 동굴 앞에 멈춰 섰다. 동굴 안쪽으로 비밀 통로가 있었다. 통로는 매우 좁아서 잘 보이지 않았다. 단테는 그 통로를 '도깨비들의 영혼이 지나가는 바람의 길목'이라고 했다.

"이곳은 도깨비들이 신성시하는 곳이라 아무도 오지 않아. 그러니 안심해도 돼. 이곳을 아는 도깨비도 드물지만 안다고 해도 찾는 도깨비는 없어. 그래도 중요한 곳이라 보초가 경비를 서면서 지키니까 가는 듯 오는 듯 바람처럼 조용히 따라와. 보초에게 걸리면 불지옥이나 지하 감옥에 갇히게 될 테니. 도깨비 궁은 평화를 깨는 외부 침입자들을 크게 경계하고 싫어하거든."

단테의 말에 플로라가 "무섭다. 우리, 책방으로 돌아가자." 하며 눈바 뒤로 숨었다.

"내가 있으니 걱정 마."

눈바가 플로라를 안심시키는 사이 단테가 안으로 기어 들어갔다.

"지금이야, 어서 들어와."

좁은 통로를 벗어나자 드넓고도 신비한 도깨비 세상이 나타났다. 바깥은 겨울눈으로 가득한데, 도깨비 나라는 향기 나는 꽃들로 화사했다. 궁을 오가는 도깨비들의 얼굴엔 평화가 넘쳐흘렀고, 꽃밭엔 벌과 나비로 가득했다.

"아, 부럽다. 나도 향기 있는 꽃이었으면 얼마나 좋을까."

플로라는 벌 나비 한 마리 날아들지 않는 자신이 순간 초라하게 느껴졌다.

"내 눈엔 이쁘기만 한데 뭘 그래."

눈바가 눈을 찡긋하며 말했다.

"내 눈에도 플로라만큼 예쁜 꽃은 없는걸. 한눈에 반할 정도로!"

단테도 한마디 거들었다. 눈바와 단테가 이구동성으로 칭찬하자 플로라가 입을 비죽이며 소리쳤다.

"나도 내가 예쁜 건 알아. 그래도 난 향기 있는 꽃이 부럽단 말야!"

"플로라 쉿! 여기서 소리치면 어떡해?"

눈바가 플로라의 입을 막으며 작은 소리로 말했다. 플로라가 알았다며 고개를 끄덕였다. 그사이 단테는 주변을 살폈고, "자, 도깨비 궁 안으로 가보자." 하며 눈바와 플로라를 조심스럽게 이끌었다.

눈바와 플로라는 단테를 따라 조금 더 들어갔다. 물이 졸졸 흐르는 개울을 따라 아름다운 도깨비 마을이 이어졌다. 도깨비 마을에 사는 깨비들은 밭을 일궈 꽃을 심거나 주렁주렁 열린 열매들을 따며 시간을 보냈고, 소풍을 나온 어린 깨비들은 나무 그늘에서 술래놀이에 빠져 있었다.

"단테야, 너네 집은 어디냐?"

눈바가 물었다.

"저기, 작은 언덕 위에 있는 포도밭 보이지? 포도밭 지나 빨래가 펄럭이는 집이 우리 집이야."

단테가 손으로 가리켰다.

"포도밭에서 포도를 따고 있는 저분들은 부모님이신가?"

"응, 부모님과 형제들."

단테가 울먹이며 콧등을 훔쳤다.

"그러게 반딧불이는 왜 희롱해서 쫓겨나고 그러니."

플로라가 놀리자 단테가 언성을 높였다.

"희롱한 게 아니라니까!"

"단테야 쉿!"

눈바가 이번에는 단테의 입을 막으며 물었다.

"그럼 이렇게 아름다운 마을에서 왜 쫓겨난 거야?"

"그러게. 나도 그게 궁금해. 잘못이 있으니 쫓겨난 거지."

플로라도 눈바 편을 들었다.

"너흰 몰라도 돼. 하지만 맹세코 반딧불이를 희롱한 죄로 쫓겨난 건 아니니 그런 줄 알아."

단테가 입을 막은 눈바의 손을 치우며 말했다. 단호한 단테의 말에 눈바와 플로라는 "그렇다면 다행이고." 했다.

도깨비 마을을 지나자 광활한 풀밭이 펼쳐졌다. 동굴 안에 푸른 초지가 있는 게 신기하기도 했지만 더 놀라운 것은 한가롭게 풀을 뜯고 있는 얼룩무늬 젖소들이었다.

"우와 젖소들 좀 봐. 동굴 안에 풀밭, 그 위에 젖소. 보고도 안 믿겨지는 풍경이야."

눈바의 눈이 동그래졌다.

"어머 어머, 우유를 짜는 깨비도 있어."

플로라도 신기해서 손뼉을 쳤다. 단테가 말했다.

"여기는 평화 목장이야. 모든 도깨비가 함께 일하고 함께 관리하는 공동 방목장이지. 모두가 주인이라 누구든지, 언제라도 와서 필요한 만큼 젖을 짜서 가지고 갈 수 있어. 그 젖으로 치즈나 버터를 만들고 요구르트를 만들지. 그것들을 가지고 또 누구는 스파게티를 만들고 빵을 만들고 스무디나 셰이크, 아이스크림을 만들어 먹고 살아. 난 화덕에 갓 구운 빵을 가장 좋아해. 울 엄마가 굽는 빵은 정말이지 겉은 바삭하고 속은 촉촉 부드러운 데다 감칠맛이 나서 마을에서도 최고였지. 아, 엄마가 만들어준 빵을 생각하니 갑자기 군침이 막 돈다."

단테가 입에 고인 침을 꿀꺽 삼키며 씩 웃었다.

"단테가 빵을 좋아하는구나. 근데 도깨비들이 원하는 건 모두 다 방망이로 만들 수 있는 거 아닌가?"

플로라가 고개를 갸웃하며 말했다.

"그래. 맛있는 빵 나와라 뚝딱, 치즈 나와라 뚝딱! 하면 되는 걸 왜 힘들게 일을 해?"

눈바도 이해되지 않긴 마찬가지였다.

"다들 그렇게 생각하겠지만 1백 년 전 뿔깨비를 물리친 왕이 방망이를 사용하면 게을러진다고 염려하셨어. 왕은 궁 안에서 방망이를 사용하지 말자고 제안했고, 우리 모두 왕과 약속했어. 지금 생각해도 그건 잘한 결정이었어. 만약 방망이 마술로 살았다면 다들 일하는 대신 그늘에서 놀거나 게으름에 빠져 있을 거야. 저기 들판을 오가는 도깨비들을 봐. 모두들 만족하고 평화로운 얼굴이잖아? 적당한 일을 하며 사는 게 행복한 거야. 우리는 방망이로 세상을 요란하게 만들지 않아."

"그런데도 너는 책방에서 우리에게 방망이를 휘둘렀다, 이거지?"

"그건 궁 밖이고, 또… 너희들과 만나고 싶어서 그랬던 거야."

단테의 말에 눈바와 플로라가 고개를 끄덕였다.

"다들 얼굴에 활기가 넘치는 게 좋아 보이긴 하네."

농장을 지나 조금 더 걸으니 드넓은 도깨비광장이 나타났다. 꽃으로 단장한 광장에는 평화를 상징하는 깃발이 곳곳에서 펄럭였고, 수많은 반딧불이가 공중을 날며 밤하늘의 별처럼 불을 환하게 밝히고 있었다. 마치 불꽃놀이를 하는 것처럼 보였다.

플로라가 황홀한 표정으로 중얼거렸다.

"숨도 못 쉬게 아름답다. 여기는 놀랄 일이 많구나."

"뭘 이 정도 갖고 그래? 이건 아무것도 아니야. 이곳은
마음만 먹으면 언제든 과거나 미래로 갈 수도 있어."

단테가 이어서 물었다.

"만약에 갈 수 있다면 너희는 언제로 가고 싶어?"

눈바는 잠시 생각하다 말했다.

"나는 지금이 좋아. 현재 최선을 다하면서 살고, 후회하
지 않을 거야."

"그런데 축제 중인가 봐? 난 축제가 좋아. 행복하잖아."

플로라가 제자리에서 한 바퀴 빙글 돌며 말했다.

"행복한 축제는 무슨. 오늘은 도깨비 궁 정령 공주가 뿔깨비 왕국 고블린 왕자와 결혼하는 날이야."

"결혼? 그게 바로 행복한 거잖아. 아, 낭만적이야."

플로라가 눈을 감고 행복한 표정을 짓는 것을 보며 눈바가 물었다.

"고블린?"

"뿔도깨비 가문의 왕자야. 아버지가 1백 년 전 우리 도깨비 왕과의 싸움에서 패해 자기 나라로 도망치다 죽었는데, 그 아들 고블린이 돌아왔대."

"왜?"

"고블린 왕자가 우리 왕을 찾아와 무릎을 꿇으며 눈물을 흘렸대. 지난날을 진심으로 반성한다면서 평화를 위해서 정령 공주와 혼인을 하고 싶다고 졸랐고, 평화주의자가 되겠다는 고블린 말을 믿은 왕이 정령 공주와 혼인을 허락하셨대."

"고블린 가문은 천성이 나쁜 놈들이라면서, 악어의 눈물을 믿었어?"

눈바가 고개를 갸웃했다.

"우리 도깨비 왕은 마음이 착하잖아. 무릎 꿇고 눈물을 뚝뚝 흘리는데 어떡해. 믿는 거지."

"사악한 것들은 쉽게 변하지 않는다고 하던데…. 정령 공주가 불쌍해."

플로라도 고블린의 변신이 의심스러웠다.

"뭐, 두고 보면 알겠지. 암튼 오늘은 먹을 것 많은 잔칫날이니 우리도 어디서 놀고 먹자. 축제잖아."

단테가 숨을 자리를 찾아 이곳저곳을 기웃거렸다. 잠시 후 단테는 광장이 잘 보이는 곳을 찾았다며 눈바와 플로라를 데리고 갔다.

"곧 결혼식이 시작될 거야."

단테의 말이 끝나자 음악이 커지면서 공중에서 꽃가루가 날리기 시작했다. 이어 궁궐 음악대가 앞장을 섰고, 꽃을 든 어린 도깨비들이 궁궐 음악대 뒤를 따랐다. 행진을 마친 어린 도깨비들이 궁 앞에 도열하자 마차를 탄 왕과 공주가 꽃가루를 맞으며 광장으로 들어섰다. 정령 공주의 얼굴은 어두웠다. 누군가 공주를 향해 소리쳤다.

"공주님 웃으세요!"

"그래요. 오늘같이 좋은 날 웃으세요!"

하지만 공주는 소리 나는 쪽을 향해 손을 흔들어줄 뿐 웃지는 않았다.

이어 반대편에서 갑옷으로 무장한 고블린 왕자도 허리에 번쩍이는 칼을 차고 등장했다. 고블린이 새로 개발했다는 신형 무기였다. 고블린 왕자는 그 칼을 도깨비 왕에게 선물하며 "누구도 넘볼 수 없는 힘을 지닌 칼입니다. 이 칼이 전하와 전하의 평화를 지켜드릴 겁니다. 받아주소서!" 했다. 도깨비 왕은 "그대의 마음이 칼에 있음을 알겠다. 우리는 필요 없으니 칼은 그대가 갖고 공주와 혼인을 허하노라. 함께 평화를 누리라." 했다. 며칠 전의 일이었다.

고블린 왕자가 제단에 자리 잡자 마차에서 내린 공주도 제단으로 올라갔다. 제단을 관장하는 늙은 제사장이 왕자와 공주를 맞이했다.

"두 분 마마님, 어서 오십시오."

제사장의 안내로 고블린 왕자와 정령 공주는 도깨비 신을 향해 섰다.

"지금부터 도깨비 궁 정령 공주와 뿔깨비 왕국 고블린 왕자의 혼인을 시작하겠습니다. 두 분 마마님은 도깨비 신을 향해 무릎을 꿇어주시기 바랍니다."

제사장의 음성은 낮고 강직했다. 공주가 먼저 무릎을 꿇었다. 왕자는 못마땅하다는 듯 제사장을 힐끗 쳐다보고 무릎을 꿇었다.

"세상을 창조해주신 거룩한 신께 고하나이다. 오늘 뿔깨비 왕국 고블린 왕자와 도깨비 궁 정령 공주가 천년 가약을 맺사옵니다. 부디 두루 살피시어 평화를 사랑하는 도깨비 백성들과 함께 고블린 왕자와 정령 공주의 성스러운 혼인을 축복하여 주시옵고 평화롭고 아름다운 도깨비 세상을 무량세세 누릴 수 있도록 큰 덕을 베풀어주시길 기원하옵니다."

제사장이 제단에 향을 올렸다.

"두 분 마마님은 혼인을 인정하겠다는 증표를 교환하여 주시기 바랍니다."

왕자는 화살촉을, 공주는 도깨비 문양이 새겨진 블루 토파즈를 증표로 들고 있었다. 왕자가 화살촉을 높이 들어 보이며 공주에게 건네자 공주는 블루 토파즈로 만든 목걸이를 왕자 목에 걸어주었다. 그 모습을 지켜보던 단테가 고개를 갸웃했다.

"어, 저 화살촉은?"

"왜 그래?"

눈바가 무슨 일이냐는 듯 물었다. 단테가 답했다.

"저건 도깨비 궁에서 아주 오래전부터 전해져 내려오는 전설의 화살촉이야. 1백 년 전 전쟁에서 고블린 왕자의 아버지인 뿔깨비 왕이 저 화살을 가슴에 맞고 도망치다 죽었다고 들었어."

"자기 아버지를 죽인 화살촉을 혼인 증표로 준비하다니, 뭔가 이상한데?"

눈바가 고개를 갸웃했다.

"그래, 공주에게 화살촉을 건네는 왕자의 저 표정 좀 봐. 뭔가 일을 벌이려는 것처럼 음흉함이 가득 담겨 있지 않아?"

플로라도 한마디 거들었다.

그러는 사이 증표는 교환되었고, 제사장이 "두 분 마마님의 혼인이 성사되었음을 선포합니다." 하며 두 손을 번쩍 들었다. 제사장의 말에 혼인을 지켜보던 도깨비들이 환호성을 질렀다.

"정령 공주님 만세! 고블린 왕자님 만세! 평화 도깨비 나라 만세!"

도깨비들의 환호가 잦아질 즈음, 왕자가 칼을 뽑아 들며 소리쳤다.

"평화는 깨졌다! 궁을 장악하라!"

그 순간 "와아!" 하는 함성과 함께 무기를 든 뿔깨비들이 여기저기에서 나타났다. 축제 분위기로 들떠 있던 광장은 순식간에 냉랭하게 얼어붙었고, 꽃을 든 어린 도깨비들은 울음을 터트리며 여기저기로 뛰었다. 기겁을 한 궁궐 음악대는 악기를 버리고 어디론가 숨었고, 평화를 노래하던 도깨비들은 공포에 질려 비명조차 지르지 못했다. 뭔가 일이 벌어졌음을 알아차린 도깨비 왕이 방망이 쓰기를 명령했다.

"방망이로 뿔깨비들을 물리쳐라."

하지만 백 년 동안 방망이를 써본 일이 없는 도깨비들은 제대로 휘두르는 방법을 잊었다. 고블린이 비웃었다.

"하하, 어차피 휘둘러도 소용없다. 너희는 마법에 걸려 방망이 힘을 잃어버렸거든."

왕이 마차를 타고 도망치려 했지만 퇴로 또한 뿔깨비에 의해 막혀 있었다. 왕이 체포되자 공주가 "안 돼요! 아버님은 풀어주세요!" 소리쳤다.

"공주를 모셔라!"

왕자의 명에 뿔깨비가 공주를 데리고 갔다. 이어 도깨비 궁을 상징하는 평화 깃발이 내려지고 악마를 상징하는 뿔깨비 깃발이 제단에 올랐다.

"왕자 마마, 이곳은 신을 모시는 신성한 제단입니다. 이곳에서 이러시면 아니 되옵니다! 마마, 칼을 내려주소서!"

제사장이 고블린의 앞을 막아섰다.

"제사장 따위가 감히 내 앞을 가로막아? 아까 무릎을 꿇게 할 때부터 기분 나빴어."

고블린이 제사장을 향해 칼을 위에서 아래로 휙 내리쳤다. 순간 제사장의 몸이 두 쪽으로 갈라져 뜨거운 철판 위 아이스크림처럼 형체도 없이 녹아내렸다. 눈바와 플로라는 두려움에 부들부들 떨었고, 단테는 "세상에! 엄청난 에너지를 지닌 칼이야!" 벌어진 입을 다물지 못했다.

4

"대체 무슨 일이 벌어지고 있는 거야?"

플로라가 겁먹은 얼굴로 단테에게 물었다. 단테도 당혹
스러운 건 마찬가지였다.

"글쎄, 나도 모르겠는걸. 잠깐 기다려봐."

단테가 사정을 알아보겠다며 어디론가 떠났다. 한참을
기다려도 단테는 나타나지 않았다. 단테에게 무슨 일이 생
긴 게 틀림없다는 생각이 들었다. 그렇다고 무작정 기다릴
수도 없었다. 자칫 잘못되어 도깨비 궁에 갇히기라도 하면
책방에 돌아가기도 전에 녹아 없어질지도 모를 일이었다.
시간이 없었다.

"눈바, 나는 책방으로 돌아가고 싶어."

플로라가 불안한 눈빛으로 말했다. 해가 뜨면 돌아갈 길이 막힌다는 것을 눈바도 잘 알고 있었다.

"그래, 가자."

눈바는 플로라를 등에 태우고 도깨비 궁을 조심스럽게 나섰다. 바람의 길목을 빠져나올 때에는 뒤에서 "저놈들 잡아라!" 하는 소리가 들리기도 했다. 하지만 눈바의 움직임이 워낙 빨라 뿔깨비들에게 잡히지는 않았다. 책방에 도착하자 플로라가 한숨을 쉬었다.

"휴, 큰일날 뻔했네."

"그러게. 뿔깨비 놈들에게 잡힐 뻔했어."

눈바도 숨을 몰아쉬며 말했다.

"그래도 눈바니까 도망친 거지, 다른 고양이었으면 잡혔을 거야. 눈바 최고!"

플로라가 눈바에게 엄지를 치켜들었다.

"이럴 땐 나도 새처럼 날개가 있었으면 좋겠다. 그랬으면 뿔깨비 놈들에게 미친 듯 쫓기진 않았을 거 아냐."

눈바가 자신의 겨드랑이를 살피며 아쉽다는 표정을 지었다.

5

간밤 도깨비 궁에서 벌어진 공포와 달리 책방의 아침은 평화로웠다. 책방 주인은 늘 그러하듯 기상과 함께 난로를 피우고 책방 문을 열었다. 연기가 폭폭 굴뚝을 타고 나올 무렵이면 아내 또한 늘 그러하듯 아침밥을 짓고 찌개를 끓였다.

아침 식사가 끝나면 책방 주인은 작업 중인 소설을 이어 썼고, 그러다 손님이 오면 이야기를 나누며 시간을 보내거나 책을 정리했다.

오늘은 어쩐 일인지 폭설을 즐기러 오는 사람들 방문이 이어졌다. 책방 주인은 글쓰기를 포기하고 손님들에게 자신의 작품 세계에 대해 말해주었고, 여행자들은 사인받은 책을 들고선 책방 주인과 기념사진을 찍었다.

여행자들이 눈길을 걸어 도깨비소를 빠져나가면 책방 주인은 아궁이와 난로에 넣을 장작을 날랐고, 아내는 다시 저녁 식사를 준비했다.

'오늘 하루 행복하자. 그 행복의 끝을 내일로 이어가자.'

두 사람의 결혼 서약이었다. 그 서약대로 바깥세상과 동떨어진 책방 하루는 늘 그렇듯이 오늘이 어제 같고, 내일도 오늘 같을 평화가 이어졌다.

6

어둠이 내리자 단테가 찾아왔다. 어제와는 달리 잔뜩 풀이 죽은 표정이었다. 플로라가 물었다.

"어떻게 된 일이야?"

"세상이 바뀌었어."

단테가 고개를 설레설레 흔들었다.

"세상?"

"응, 고블린 왕자가 혼인을 하겠다고 속이곤 도깨비 궁을 점령했어. 도깨비 궁을 장악한 뿔깨비들이 우리를 노예로 삼아 금을 캐고 있는데 벌써 죽은 이들도 많아."

"금?"

"응, 고블린이 가장 좋아하는 것이 황금이래. 우리 도깨비산에는 황금이 많이 있거든. 그것을 캐가려고 전쟁을 일으킨 거야."

"금을 캐는 거 보니 뿔깨비도 방망이를 사용하지 않나 보네?"

눈바가 이해되지 않는다는 듯 물었다. 목장의 우유도 아니고 금까지 직접 캘 것은 뭐 있나 싶었다. 금 나와라 뚝딱 하면 될 것을.

"결혼식을 준비하느라 정신이 팔린 사이에 고블린 왕자와 뿔깨비들이 우리 도깨비들 마법을 사용할 수 없게 만들었어. 그 능력은 자신만 가져야 한다는 거지."

"그럼 도깨비 방망이도 쓸모없게 되었네?"

"해볼까?"

단테가 자신의 방망이를 내리치며 마법을 걸어보지만 어떤 주문도 먹히지 않았다.

"역시 안 되네."

단테가 방망이를 살피더니 고개를 푹 숙였다. 침울한 표정으로 한동안 말이 없던 단테가 입을 열었다.

"우리가 마법을 회복할 수만 있다면 고블린을 무찌르고 빼앗긴 궁을 되찾을 수 있을 것 같은데."

"그러고 싶지만 우리가 무슨 수로?"

플로라가 자신 없는 목소리로 말했다.

"음, 내가 생각해봤어. 마법을 막은 게 왕자이니 마법을 풀 방법 또한 왕자에게 있지 않을까?"

단테의 말에 눈바가 "일리가 있는 추론이야. 책 속에 길이 있다고 했어. 우리 책방에 가서 당장 찾아보자."라며 발톱을 세웠다.

단테가 뒤로 물러섰다.

"이봐, 발톱은 좀 곤란해."

눈바가 얼른 발톱을 감췄다.

"미안! 내가 흥분해서 그만."

7

눈바는 플로라, 단테와 함께 책방 안으로 들어갔다. 주인이 머물고 있는 방은 불이 꺼져 있었고, 책방은 고요했다. 책방을 다녀간 눈길 여행자들이 남긴 도시 냄새가 커피 향과 함께 실내를 떠돌고 있었다.

"각자 흩어져 책을 찾아보자."

눈바가 책장에 꽂혀 있는 책을 고르며 말했다.

"어쩌나, 오늘은 어쩐지 책 읽을 컨디션이 아닌데."

사다리를 올라가 책을 빼 들고 보는 척하던 단테가 고개를 흔들었다.

"넌 철학자라며 책 읽기는 싫어?"

플로라가 물었다.

"철학은 사유지 공부가 아냐. 치열한 삶의 현장에서 철학이 탄생하는 거지, 책에서 읽는 철학은 죽은 철학이야."

"말은 잘해. 입만 열면 궤변이지만."

"플로라, 궤변도 사유가 있어야 가능한 일이니 냅두자."

눈바가 둘 사이를 가르며 말했다.

플로라가 답답하다는 듯 말했다.

"사유가 밥 먹여주니? 그렇게 사유만 하니까 뽈깨비 같은 놈한테 당하는 거야."

"그건 플로라 말이 맞아. 그런 놈에게 당하지 않으려면 역사를 알아야 해. 지난 역사에서 답을 찾지 못하면 또 당하거든."

단테가 머리를 긁적였다.

"하지만 나는 책 읽는 것이 지겨워. 조금 읽으면 좀이 쑤시고, 더 읽으면 지루해지면서 잠이 솔솔 온단 말이야."

"그래? 책 읽는 게 그렇게 싫다니 하는 수 없지. 넌 동굴 내부 지도나 그려봐. 그게 있어야 무슨 일이든 할 테니까."

눈바의 말에 단테가 "오케이. 동굴 내부는 내가 훤하게 알지. 그동안 책 안 읽고 싸돌아다닌 보람이 있군." 했다. 단테의 말에 모두 까르르 웃었다.

8

눈바가 책장에서 꺼낸 책은 『도깨비 역사』 『도깨비 동굴의 비밀』 『도깨비 왕조』 등이었다. 플로라도 『도 깨비 연애론』과 『도깨비와 마법』 『도깨비를 사랑한 공 주』 등을 골라 탁자 위에 놓았다.

눈바와 플로라는 꺼내 온 책을 읽기 시작했다. 『도깨비 역사』엔 도깨비에 관한 역사가 비교적 상세하게 적혀 있 었다. 『도깨비 동굴의 비밀』엔 동굴의 생성 과정과 동굴 을 지배해온 도깨비의 역사가 자세하게 기술되어 있었고, 『도깨비 왕조』엔 수만 년 이어온 도깨비 왕들의 역사가 기록되어 있었다.

도깨비 왕조의 역사는 길고 길었다. 307장 '오욕의 역사' 에는 뿔깨비 왕국과의 전쟁에서 패한 기록도 있었다. 뿔깨비는 근본이 사악한 이웃 나라 도깨비로, 수천 년 세월 반복해서 쳐들어와 평화를 깨고 괴롭혔다고 적혀 있었다.

"여기 봐. 도깨비와 뿔깨비 간의 전쟁이 수천 년 전부터 있었던 거라네."

눈바가 책을 펼치며 말했다.

"응, 맞아. 우린 평화를 지키려 하고 뿔깨비는 평화를 짓밟으려 하고 수천 년을 그렇게 지냈어. 그럴 때마다 많은 죽음이 생겼고, 역사는 늘 되풀이됐지."

동굴 지도를 그리고 있던 단테가 그 정도는 안다는 듯 말했다.

"단테가 사유만 무식하게 하는 줄 알았는데, 도깨비 역사도 좀 알고 있었네."

플로라의 말에 단테가 어깨를 으쓱했다.

"그래도 명색이 철학자잖아. 그 정도는 기본이지 뭘."

"그럼 이것도 알겠네?"

플로라가 『도깨비 연애론』을 펼치며 물었다. 단테가 플로라 옆으로 의자를 당겨 앉았다.

"뭔데?"

"도깨비가 사랑을 확인하는 일곱 가지 방법!"

눈바가 고개를 저으며 끼어들었다.

"에이, 누가 쓴 책인지 모르겠지만 내게 그런 수준 낮은 질문은 하지 말아줘. 상대가 날 사랑하는지 안 하는지 확인하는 거, 나는 안 해."

“눈바 너 이제 보니 누군가를 미치도록 사랑해본 적 없구나. 사랑이라는 건 말이야⋯. 사랑에 빠지는 순간부터 상대가 무슨 생각을 하는지 너무나 궁금해지는 거야.”

“그런가? 난 플로라가 지금 무슨 생각을 하는지 전혀 궁금하지 않은데?”

“호호, 그렇지? 그러면 그건 날 사랑하는 게 아니야. 사랑을 확인하는 방법 일곱 가지 중 하나가 바로 ‘관심’ 그거거든. 관심은 사랑의 시작이야.”

눈바가 읽고 있던 책에서 눈도 떼지 않은 채 말했다.

“상대에 대한 지나친 관심은 구속이지 사랑이 아니야.”

플로라가 그 말을 듣고 어깨를 으쓱했다.

"내게 관심 하나도 없는 상대를 사랑하는 게 얼마나 힘
든지, 눈바 넌 진짜 아무것도 모르는구나."

이때 단테가 플로라 쪽으로 몸을 돌리며 말했다.

"나는 플로라 니가 무슨 생각을 하며 지내는지 매 순간,
날마다 궁금해하면서 매 순간, 매일매일 관심 갖고 물어봐
줄게."

플로라가 머리를 감싸쥐며 소리쳤다.

"단테가 날? 오, 노우! 그런 집착 거절하겠어."

눈바가 비웃었다.

"관심이 사랑의 시작이라며?"

9

단테는 지도를 그려가며 도깨비 동굴 내부에 대해 설명했다. 동굴은 생각보다 넓고 깊고 컸으며 종착지를 짐작할 수 없는 작은 굴이 끊임없이 이어져 있다고 했다. 어느 동굴로 들어가면 이름도 생소한 먼 나라로 가게 되고, 어느 동굴로 가면 사철 아름다운 꽃이 피어 있고, 어느 동굴은 몇 날 며칠을 가도 끝이 없고, 또 어느 동굴로 가면 얼음으로 만들어진 도시가 있다고 했다.

얼음으로 지은 도시를 지나면 지상에서 5천 년 전에 사라진 도시가 고스란히 숨겨져 있다고 하고, 그곳을 지나면 모래언덕 위에 성을 쌓아 올린 마을이 나타난다고 했다. 또 어떤 동굴로 들어가면 바다로 연결되어 고래 뱃속을 구경할 수도 있으며 해저가 된 고대 항구 선술집에서 술을 마실 수도 있고, 어떤 동굴을 지나가면 발에 쇠사슬을 차고 노역장으로 가는 인간들이 사는 마을이 있는가 하면 몇 년째 전쟁 중인 나라도 나온다고 했다.

단테는 종이 위에 다 그릴 수 없을 정도로 도깨비 동굴은 크고 복잡하기 때문에 일단 간단히 약도만 그렸다고 말하며 지도를 펼쳤다.

"뿔깨비 왕국은 어디야?"

지도를 들여다보던 눈바가 물었다.

"그곳은 여기, 아주 험악한 곳이야. 땅은 척박하고 개울이 없어 마실 물 또한 부족한 곳이지. 규모도 도깨비 궁보다 작아서 늘 다른 동굴을 침략하면서 살아온 종족인데, 이번엔 우리가 제대로 당했어."

단테가 뿔도깨비 왕국을 가리키며 말했다.

"고블린 가문은 여러 도깨비 종족 중에서 가장 폭력적이고 호전적인 성향이라고 책에도 정의되어 있더만."

눈바는 단테가 그린 지도를 찬찬히 들여다보았다.

"도깨비 왕이 고블린을 믿었다는 게 어리석은 거지. 공주만 불쌍해."

플로라가 주먹을 꽉 쥐었다. 눈바가 플로라를 돌아보며 말했다.

"평화를 사랑하는 이들은 상대가 평화를 가장하며 다가오면 그걸 믿어. 스스로 거짓말을 하지 않으니까 남들도 다 그런 줄 알거든."

플로라가 발끈 화를 내며 말했다.

"바보같이 속지 말고 힘으로 무장하면 이길 수 있잖아."

눈바가 플로라를 바라보며 웃었다.

"플로라. 도깨비 왕처럼 믿어주고 속고 그러면 지금은 바보 같고 늘 지는 것 같지? 하지만 영원한 악, 드러나지 않는 거짓은 없어. 평화는 평화로 지키는 거야."

플로라가 툴툴거렸다.

"뭔 소리래? 책방 철학자 나셨네."

단테가 항의했다.

"뭔 소리래? 철학자는 난데?"

10

"자, 지도가 다 그려졌으니 너희 공부가 끝났으면 이제 도깨비 궁으로 가볼까?"

단테가 눈바와 플로라를 번갈아 보며 말했다. 지도를 품에 넣은 눈바와 플로라는 단테를 따라 바람의 길목으로 갔다. 바람의 길목을 지나 동굴로 진입하자 곳곳에 무기를 든 보초병이 보였다. 꽃으로 화려했던 궁은 하루아침에 사막처럼 휑해졌고, 아름다운 군무를 펼치던 반딧불이들도 보이지 않았다.

"느낌이 이상해."

플로라가 긴장된 얼굴로 조심스럽게 말했다. 반딧불이 대신 대형 박쥐 몇 마리가 천장을 날았다. 끼끼, 그 울음소리는 동굴을 더욱 음산하게 만들었다.

"우리 동굴에 박쥐라니."

도깨비 왕이 있을 땐 얼씬도 하지 못했던 것들이 하나둘 몰려드는 것이라고 단테는 생각했다. 도깨비 마을과 단테 네 집은 파괴되었으며 풍요롭던 포도밭은 흔적도 없이 사라졌다.

"이럴 수가!"

눈바가 탄식을 쏟아냈다.

"여기뿐이 아냐. 목장은 접근도 못 하게 만들었어."

소가 한가롭게 풀을 뜯고 있던 목장에 철조망이 둘러쳐졌으며 향기로 가득했던 꽃밭에서는 무기를 든 뿔깨비들이 불을 지르고 있었다.

"나쁜 놈들. 예쁜 꽃에 불을 지르다니! 아아, 꽃이 가엾어."

플로라는 마치 자기 몸이 불타오르는 듯 몸서리쳤다. 도깨비 궁은 하루 전보다 경계가 삼엄해졌다. 궁을 지키는 보초들의 손엔 뿔깨비를 상징하는 신무기가 들려 있었다.

11

　단테는 눈바와 플로라를 데리고 고블린이 머물고 있는 곳으로 갔다. 도깨비 왕이 머물던 궁궐을 차지한 고블린은 노예들을 동원하여 궁궐에 금칠을 하고 있었다.

　"빨리 빨리해라! 게으름을 피우는 놈은 불구덩이로 던져버릴 것이야."

　작업장을 지기는 뿔깨비들이 채찍을 휘둘렀다. 노예들의 비명이 여기저기에서 들려왔다. 하루 전까지만 해도 광장에서 평화롭게 춤추며 놀던 도깨비들이었다.

　"고블린을 지키는 뿔깨비 수가 엄청난걸. 어쩌지?"

　플로라가 물었다.

"어쩌긴, 방법을 찾아야지."

눈바가 주변을 살피며 생각에 잠겼다. 그사이 많은 도깨비들이 꽃밭 불구덩이에 던져졌고, 광장은 비명으로 가득 찼다.

"단테야, 왕과 공주가 있는 곳으로 가자. 어쩌면 그곳에 답이 있을지 몰라."

눈바의 제안에 단테가 고개를 끄덕였다.

"그런 생각을 해내다니, 제법이야."

단테의 말에 플로라가 한마디했다.

"무식한 철학자 너보단 백 배 아니 천 배는 제법이지. 책 읽는 눈바잖아."

"좋아, 책방에서 확인했으니 인정! 왕과 정령 공주가 있는 곳으로 가보자."

12

    왕과 공주는 도깨비 궁 안에서도 접근하기 가장 힘든 지하 감옥에 있었다. 검푸른 호수를 지나야만 감옥으로 갈 수 있는 절벽이 나타났다. 절벽을 올라 다시 지하로 내려가야만 감옥이 나타난다. 단테가 놀랍다는 듯 중얼거렸다.

    '와, 엄청나군. 말로만 듣던 죽음의 호수를 가까이 와서 보니 더 으스스하다.'

    단테가 몸을 후드득 떨었다. '죽음의 호수'라는 이름답게 굶주린 물고기들이 수면 위로 뛰어오르고 있었다. 물고기들은 톱니같이 날카로운 이빨을 드러내고 있었다. 호수를 건넌다 해도 감옥이 있는 절벽은 접근조차 힘들어 보였다.

    "저길 어떻게 간다지?"

단테가 주변을 둘러보며 한숨을 내쉬었다. 호수와 절벽이라니, 눈바가 보기에도 감옥은 천혜의 요새와 다르지 않았다. 아무리 생각해도 감옥으로 갈 수 있는 방법은 떠오르지 않았다. 단테와 눈바가 생각에 빠져 있자 플로라가 나섰다.

"나는 골치 아픈 게 제일 싫어. 곧 날이 밝을 것이니 오늘은 이대로 돌아가고 내일 다시 오자."

플로라의 말에 눈바가 "그래, 자칫하면 우리까지 위험에 빠질 수 있으니 무모한 일은 벌이지 말자." 했다. 플로라가 눈바 등에 올라타며 단테를 위로했다.

"단테야, 울적해하지 마. 뭔가 방법이 있겠지. 우리 눈바가 있잖아."

13

크리스마스이브 날이었다. 낮에는 눈이 녹을 정도로 포근했지만 바람은 찼다. 오후가 되자 주인 내외가 책방 앞 노간주나무에 성탄 트리를 만들었다. 노간주나무는 오래전 이 마을 사람들이 지게를 만들 때 사용했던 가볍고 단단한 나무였다. 껍질을 깎으면 향냄새가 진동해서 노간주향나무라고 부를 정도로 향기가 좋았다. 때문에 향나무가 없는 이 마을에선 노간주나무 깎은 것을 제상 향으로 쓰기도 했다.

책방 내외는 몇 해 전부터 노간주나무에 성탄 트리를 만들고 있는데, 매년 조금씩 키가 커진 탓에 지금은 사람 키를 훌쩍 넘기고 있었다. 사철 푸르른 상록수인 노간주나무는 한겨울 성탄 트리로도 맞춤이었다. 책방 내외는 나뭇가지에 꼬마전구를 두르고, 금색 은색 방울을 달고 마지막으로 축포를 티트릴 때 쏟아지는 반짝이로 꾸몄다.

 "전기 코드를 꽂아봐요."

 책방 주인 말에 아내가 실내로 들어갔다. 잠시 후 꼬마전구가 번갈아 가면서 반짝거렸다.

 "야, 멋지다. 오늘 밤 숲속 친구들이 심심하진 않겠어요."

 전구에 불이 켜지자 아내는 아이들처럼 손뼉을 치며 좋아했다.

 "기왕이면 음악까지 틀어볼까요?"

 책방으로 들어간 남편은 오래된 전축에 음반을 올리고 전원 스위치를 눌렀다. 턴테이블이 돌아가면서 음악이 흘러나왔다. 루돌프 사슴이 썰매를 끄는 장면이었다. 트리에다 캐럴송까지 울려 퍼지니 성탄 분위기가 물씬 풍겼다.

밤이 되어 주변이 어두워지자 성탄 트리는 더 환하게 빛났다. 조용하던 산중에 불이 밝혀지니까 샘물로 물을 먹으러 내려온 고라니와 노루가 신기한 듯 책방으로 다가와 성탄 트리 앞을 어슬렁거렸다. 고라니는 가지에 달린 은색 방울을 입에 물었다가 뱉었고, 노루는 반짝이 하나를 뿔에 걸었다. 눈바와 플로라는 눈사람처럼 움직이지 않고 가만히 있었다. 고라니와 노루는 숲으로 돌아갔다.

밤 깊어 단테가 찾아와 트리를 보았다.

"야, 트리가 지난해보다 조금 더 커졌네. 그런데 지하 감옥으로 가는 방법은 연구해봤어?"

"아직. 우리도 열심히 궁리하고 있어."

눈바의 심각한 말에 플로라가 꼬마전구 불빛을 바라보며 말했다.

"오늘은 그만 궁리하고 나하고 놀자. 난 크리스마스가 처음이란 말이야. 이거 좀 봐. 정말 예쁘잖아."

방법이 아직 없다는 말에 단테는 번쩍이는 성탄 트리를 바라보다 힘없이 돌아갔다. 눈바는 돌아서는 단테를 향해 "방법을 찾는 중이니 기다려봐!" 소리쳤다.

14

간밤에는 포근하더니 성탄절 아침부터 눈발이 날렸다. 눈은 시간이 갈수록 많이 내렸고, 아내가 켜놓은 라디오에서는 캐롤 송이 연이어 흘러나왔다.

"화이트 크리스마스네요. 좋은 일이 있으려나 봐요."

아내는 창밖을 내다보며 활짝 웃었다.

"그러게. 오늘 손님이 오려나? 아침부터 까치도 울고 눈까지 내려주네."

책방 주인 말처럼 성탄을 맞아 책방을 찾는 여행자의 걸음이 하루 종일 이어졌다. 아내는 여행자들을 위해 고구마를 구웠으며 사람들은 손을 호호 불며 고구마를 먹었다.

책방 주인이 쓴 소설을 구입한 여행자들은 저자 사인을 받고 작가와 사진을 찍은 후 행복한 얼굴로 골짜기를 빠져나갔다.

오후가 되자 눈길을 뚫고 한 사내가 책방을 찾았다. 책방 주인의 소설가 친구였다. 누구나 알 만한 베스트셀러 작가인 친구는 눈길을 걸어오면서 몇 번이나 넘어졌다며 씩 웃었다.

"메리 크리스마스. 그래도 술병은 용케 건졌구나."

친구가 메고 온 배낭엔 술과 안주가 잔뜩 들어 있었다. 소설가 친구를 반갑게 맞이한 책방 주인은 불을 피워 고기를 구웠다.

"이런 산중에서 답답하지 않냐? 외롭지는 않고?"

술이 몇 잔 들어가자 친구가 물었다.

"답답하지 않아. 도시가 더 답답하지. 난 도시에 가면 숨이 턱턱 막혀. 외롭지도 않아. 도시에는 사람들이 많다 해도 그저 지나치는 모르는 타인일 뿐이지. 여기에서는 나무, 풀, 꽃, 새, 동물, 바위들과 서로 조심스럽게 자기 영역을 지키면서 함께 소통하고 살아. 아침에 나가면 나무가 나를 위해 상큼한 공기를 내뿜어주지. 봄이 되면 이어달리기하듯 순서대로 꽃들이 피어나. 나 보라고. 이 아이들은 성형하지 않아도, 화장하지 않아도 눈길을 사로잡고, 오래 봐도 질리지 않아. 나는 꽃씨를 받아 두었다가 봄에 다시 묻어주지. 또 새들은 하루 종일 나를 위해,"

친구가 손사래를 치며 "그만, 그만! 알았다." 했다.

"근데 여기까지 어쩐 일이냐?"

책방 주인이 웃으며 물었다.

"폭설에 굶어 죽지나 않았는지 걱정되어서 왔지."

친구는 그렇게 말하고 허허 웃었다.

"지난번 작품이 표절 때문에 시끄럽다며?"

책방 주인이 술잔을 비우며 물었다.

"너도 소식 들었구나."

"늦어서 그렇지 산중에도 소식은 온다. 바람이 알려주던데?"

"휴, 실은 그것 때문에 바람이라도 쐴 겸 왔다. 머리가 좀
아파야지."

소설가 친구는 한숨을 크게 쉬었다.

"그래, 이제 어쩌고 싶은데?"

"어쩌긴. 마누라랑 애들 보기도 부끄럽고… 깔끔하게 표절 인정하고 이참에 절필하려고."

친구는 그렇게 말하곤 남은 술을 입에 털어 넣었다.

"캬아, 술은 또 왜 이렇게 쓰냐!"

"절필이라. 표절 시비가 제기될 때마다 오리발 내밀거나 잠시 숨 고르고 있다가 슬며시 작품 활동 재개하는 작가들이 많은데, 쉽지 않은 결정을 했구나."

"솔직히 말하자면 나도 처음에는 부인하고 싶었어. 날 믿어달라고, 독자를 속이고 싶었어. 그랬는데, 여기까지 걸어오면서 마음이 바뀌었어. 독자들이야 속이겠지만 내 자신과 동료 작가들 눈까지 속일 순 없다는 생각이 들더라고."

"하긴, 작가로 살아가는 동안 표절은 가장 경계해야 할 유혹이긴 해. 그래서 나는 글을 쓰는 동안 다른 작가들 책은 절대 읽지 않는다네. 나도 모르게 문체나 분위기를 따라 쓸 수 있거든."

"그래서 절필하려는 거야. 부끄러워서."

누구보다 열심히 글을 쓰던 소설가 친구가 절필까지 결심했다니 그 마음이 오죽할까 싶어서 책방 주인은 한동안 말을 잇지 못하다가 친구의 어깨를 툭툭 쳐주었다.

"잘 생각했어. 역시 내 친구다."

"올라가면 기자 회견을 할 거야. 솔직하게 '나는 글 도둑이오' 양심 고백을 하고 끝내야지."

친구는 무거운 짐을 벗은 듯 홀가분한 표정을 지었다.

낮술은 밤까지 이어졌다. 소설가 친구는 노간주나무에

서 반짝이는 꼬마전구를 하염없이 바라보다 저도 모르게 눈물을 흘렸다.

'그래, 욕심이 지나쳤던 거야. 글감이 없으면 쉬었어야지 도둑질을 하다니.'

소설가는 산중에서 욕심 없이 살아가는 친구를 보며 자신이 더 부끄러웠다. 정신이 들며 술이 확 깼다.

책방 마당 모닥불 옆에서 시작한 술자리는 책방 안으로 옮겨졌다가 잠자리가 펴진 사랑방으로까지 이어졌다. 답답하지 않냐고 물었던 소설가는 정작 본인의 삶이 답답하고 외로웠던지 주정처럼 자주 '답답함과 외로움'을 토로했다.

밤은 더 깊어 빈 술병만 남았을 때 소설가는 앉아서 졸고 있었다. 소설가 친구를 요에 눕힌 책방 주인은 친구에게 "잘 자게." 하고 이불을 덮어주었다. 책방 주인이 문지방을 넘을 때 친구가 낮은 소리로 중얼거렸다.

"고개 들고 다니기도 힘들었는데, 이제 다시 살아야겠다. 살아야겠어. 살 수 있어. 살 거야. 나는 살 거야."

"그래. 너라면 잘 살 수 있을 거야. 너를 믿는다. 언제든 와. 힘들고 지칠 때. 나는 변함없이 여기에서 기다리고 있을게."

15

책방이 조용해지자 단테가 눈바를 찾아왔다.

"눈바야, 왕과 공주에게 접근할 방법은 찾았어?"

"그래, 여기로 모여봐."

눈바가 지도를 펼치며 말했다. 단테와 플로라가 눈바 주위로 다가왔다.

"내 말 잘 들어. 이번 작전은 단시간에 끝내지 않으면 셋다 위험해."

눈바의 말에 단테와 플로라 얼굴에 긴장이 감돌았다.

"응."

단테가 고개를 끄덕였다.

"내가 플로라를 등에 태우고 호수를 건널 거야. 먼저 단테 너를 건네줄게. 그러면 단테 넌 절벽 끝에 있는 경비 초소로 올라가 밧줄을 내려줘. 밧줄이 내려오면 그 밧줄을 타고 절벽을 올라 왕과 공주를 만나는 거야."

단테가 "멋진 생각인걸." 했다.

"이번 작전의 성공은 단테에게 달려 있어. 단테가 경비 초소에 있는 뿔깨비들을 해치우지 못하면 우리는 호수를 건너지도 못하고 죽고 말 거야."

단테가 "알겠어. 나도 싸울 줄 알아." 하며 고개를 끄덕였다.

"근데 눈바야, 호수를 어떻게 건너니? 우리는 물에 금방 녹아버리고 말 텐데."

플로라의 말에 단테가 "어, 그렇네. 생각해보니 매우 위험한 일인걸. 다른 방법을 찾아보자." 했다.

"걱정 마. 요즘 날씨가 우리를 돕고 있어. 낮엔 몸이 녹았다가 밤엔 얼음처럼 꽝꽝 얼어붙잖아. 만져 봐. 단단하지? 호수에 들어간다 해도 눈처럼 스르르 금방 녹진 않을 거야."

눈바의 말에 플로라가 자신의 몸을 만져보더니 "어머, 정말이네. 내 몸도 얼음처럼 단단하게 굳어 있어." 하며 신기해했다.

"그러고 보니 눈바는 몸이 단단하게 얼기를 기다렸구나."

"그래 맞아. 추워진 날씨가 방법을 만들어준 거야."

"좋아, 다들 준비되었으면 출발!"

눈바는 책방 주인이 사용하던 로프 등을 챙겨 도깨비 궁으로 향했다.

16

새벽이 다가오는 어둠 속 책방은 고요했다. 모두가 잠든 시간 소설가 친구가 밖으로 나왔다. 소설가는 정신을 차리려는 듯 별이 가득한 밤하늘을 한참 동안 올려다보았다.

'여기는 은하수가 흐르는 모습을 눈앞에서 볼 수 있는 곳이구나.'

소설가는 목젖까지 올라오는 취기를 밀어내며 간밤 자신이 내린 결정에 대해 만족했다.

'맞아. 글도둑질, 그래선 안 될 일이었지.'

소설가는 표절의 유혹에 넘어간 자신을 부끄럽게 생각하고 있었다. 소설가는 몇 해 전 어떤 신문사 신춘문예 심사를 본 적 있었다. 응모한 작품 중에서 눈에 띄는 작품도 몇 있었으나 아쉽게도 당선작 수준은 아니었다. 쓰레기통에 던져지는 작품들 속에서 소설가는 몇 작품을 챙겨 집으로 갔다. 소설가는 생각하지도 못할 독특한 소재의 작품들이었다. 소설가는 그 작품을 자신의 작품으로 만들어 세상에 발표했다. 작품이 나오자 소설은 즉각 베스트 셀러에 올랐다. 그는 졸지에 베스트 셀러 작가 타이틀을 얻었고, 고액의 인세도 받았다.

그렇게 시작된 일이었다. 유혹은 달콤했으나 결과는 비참했다. 표절 작가로 뉴스에 오르내리기 시작한 게 벌써 열흘, 한순간 '순수 창작'이라며 발뺌하기도 했지만 양심을 끝까지 속일 수는 없었다.

책방에서 하룻밤 묵은 소설가는 날이 밝자 골짜기를 걸어 나갔다. 밥이라도 먹고 떠나라는 책방 주인의 말에 친구는 "네 집사람 보기 미안하니 그냥 가는 게 좋겠네." 했다. 그 모습을 지켜보던 책방 주인은 친구를 향해 "힘내게!" 하고 소리쳤다. 소설가 친구는 손을 흔들어 보이고 눈 쌓인 도깨비소를 빠져나갔다.

친구가 떠나자 책방 주인은 난로에 불을 피우고 친구와 만든 간밤의 흔적을 하나씩 지워나갔다. 방 청소까지 끝낸 책방 주인이 밖으로 나왔을 때 아내는 "해장국을 준비했 는데 드시고 떠나지."라며 먼 산을 바라보았다.

17

바람의 길목을 지나가자 매캐한 연기가 코를 찔렀다.

"컥컥! 화장장에서 나는 냄새 같아!"

눈바와 플로라가 동시에 소리를 지르며 입을 막았다.

"그러게! 무슨 냄새지?"

견디기 힘든 건 단테도 마찬가지였다. 왕과 공주에게 가기도 전에 질식사로 죽을 판이었다. 어디선가 검은 불꽃이 일기 시작했고, 재를 몰고 온 바람이 셋을 향해 날아들었다. 단테는 눈바와 플로라를 낮은 구릉으로 피하게 했다.

"무슨 일인지 알아보고 올 테니 여기서 기다려봐!"

단테가 눈바와 플로라에게 말했다.

"단테, 조심해!"

눈바가 떠나는 단테를 향해 소리쳤다. 단테는 검은 연기를 뚫고 어디론가 사라졌다. 잠시 후 단테가 사라진 곳에서 비명과 함께 뭔가 터지는 소리도 들려왔다. 쿵쿵! 동굴 전체가 흔들리는 듯 천장에선 돌가루도 우수수 쏟아졌다.

"눈바야, 저쪽에서 불길이 솟고 있어. 우리 둘 다 녹아버릴지 몰라. 책방으로 돌아가자. 응?"

플로라가 눈바의 팔을 잡았다.

"괜찮아. 내가 있잖아. 내가 널 꼭 지켜줄게."

눈바가 말했다.
"아, 단테는 우릴 두고 대체 어딜 간 거야."

플로라가 조바심을 냈다. 그러는 사이 연기를 실은 바람은 더 심해졌고, 불 냄새도 점점 더 가까워졌다. 불길이 다가오자 눈바와 플로라는 더 이상 견디기 힘들었다. 이러다간 모처럼 만든 단단한 근육질 몸이 형체도 없이 사라질지도 모를 일이었다.

"안 되겠어. 조금 더 안전한 곳을 찾아보자."

눈바는 품속에 넣어두었던 지도를 꺼냈다. 바람의 길목은 연기로 막힌 상태라 돌아갈 수도 없었다.

"단테가 전에 한 번 말해줬어. 동굴에는 다른 곳으로 연결되는 수많은 비밀 통로가 있다고. 다른 동굴로 연결되는 돌 틈을 찾아보자."

눈바가 연기를 헤치며 앞으로 나아갔다. 뒤따르던 플로라가 다급하게 소리쳤다.

"눈바, 우리 몸이 녹고 있어!"

더듬거리며 돌 틈을 찾던 눈바는 어느 지점에서 손이 들어갈 만한 작은 공간을 발견했다.

"플로라, 여기를 같이 밀어보자."

눈바가 돌 틈을 힘껏 밀었다. 플로라까지 힘을 더하자 삐걱거리던 돌 틈이 조금씩 넓어졌다.

"힘내자, 조금만 더!"

눈바가 소리쳤다. 마침내 덜컥하고 돌 틈이 활짝 열리며 빛이 환하게 쏟아졌다. 그 순간 눈바와 플로라가 돌 틈으로 빨려 들어갔고, 끝도 보이지 않는 아득한 길로 사라졌다.

"으아악!"

18

　바람이 불어왔다. 봄바람처럼 살랑살랑 꿈결인 듯 부는 바람이었다. 그러다가 어느 순간 한여름 무더위를 식혀줄 싱그러운 바람으로 바뀌었고, 불현듯 단풍을 몰고 오는 붉은 바람이 되었다가, 다시 따사로운 봄바람으로 바뀌었다가 겨울인 듯 눈 냄새가 섞인 바람으로도 다가왔다. 바람은 불어오는 방향에 따라 다른 계절로 지나갔는데, 아무리 생각해도 책방을 지나가는 익숙한 바람은 아니었다.

　눈바는 바람 속에 누워 여긴 어딜까, 생각했다.

　'낯선 바람이야. 여긴 어디지? 플로라는 괜찮은가?'

　눈바람이 또 불어왔다. 근처 어딘가 흰 눈으로 덮인 큰 산이 있는 모양이었다. 바람의 결이 묵직한 데다 냄새가 다

양했다. 잔잔한 골짜기 바람이 아닌 큰 산이 만들어낸 바람이었다. 그 속에 많은 이야기를 품고 있었다. 고라니 울음소리와 노루, 담비, 오소리, 족제비, 수달, 산양, 토끼, 멧돼지 등의 숨소리가 섞여 있는데, 말로만 듣던 야크의 숨소리가 들리는 듯도 하고 하얀 궁둥이를 한 사슴과 밤비 울음소리가 실려 온 듯도 하다.

이번 바람은 꽃향기를 싣고 왔다. 책방 근처에 사는 노루귀나 개버무리꽃이 아닌, 처음 맡아보는 꽃향기였다. 아름다운 노랫소리도 들려왔다. 아무리 생각해도 눈바는 자신이 어디에 와 있는지 도무지 알 수가 없었다.

19

눈바는 불어오는 바람을 느끼며 눈을 떴다. 일어나려 했지만 어쩐 일인지 꼼짝할 수가 없었다.

'몸이 말을 듣지 않아.'

다쳐서 영원히 움직이지 못할 수도 있다고 생각하자 온몸이 오싹해졌다.

'플로라를 지켜줘야 하는데. 플로라는 어디에 있지?'

그때였다. 바람을 타고 오던 노랫소리가 점점 가까이 들리기 시작했다. 이번엔 노랫소리뿐 아니라 웃음소리도 함께 들려왔다. 눈바는 바람을 타고 오는 소리를 들으며 저들은 누구일까, 생각했다.

'소녀들인가?

꽃인가?

노랫소리가 참으로 아름답구나.

웃음소리가 참으로 듣기 좋구나.'

재잘거림, 까르르 웃는 소리가 점점 가까이 들리더니 발걸음이 눈바 옆에서 우뚝 멈췄다.

"다 왔다!"

20

몸집이 아주 작은 요정들이 눈바를 둘러섰다. 요정들은 바구니에 담아 온 눈을 눈바 옆에 내려놓았다. '요정의 산'에서 가지고 온 눈이었다.

"요정 산에 다녀왔더니 몸이 상쾌한걸."

"그래, 요정 산의 설경은 언제나 최고야."

"히포야, 눈은 이 정도면 되겠지?"

"그럼, 등과 꼬리만 만들면 되니까 충분해."

"좋아, 시작하자."

꽃의 요정들이 모두 나서서 눈바를 뒤집었다. 몸이 돌아가면서 화염에 녹은 눈바의 등과 엉덩이가 훤하게 드러났다. 무너지고 녹아내린 눈바의 몸은 보기에도 흉측했다. 의술의 요정 히포가 상태를 살피더니 눈송이를 두 손으로 뭉쳤다.

"자, 그럼 지금부터 수술을 시작해볼까?"

의술의 요정 히포가 눈바의 움푹 패인 등에 눈덩이를 얹고 꾹꾹 눌러 붙였다.

요정들은 책방 아내가 눈바를 만들 때처럼 눈을 뭉쳐 히포에게 건네주었다. 히포의 손이 지나갈 때마다 눈바는 제 모습을 찾아갔다. 히포가 마지막으로 눈바의 몸을 살펴보는 사이 노래하는 요정들은 눈바를 위해 노래했다.

깨어나세요, 먼 곳에서 온 그대
우리는 그대의 친구랍니다

그대는 요정의 산이 만든 우리의 친구
걱정 마세요, 우리는 그대의 친구랍니다

노래 요정들은 날개를 팔랑거리며 눈바 주위를 빙빙 돌았다. 노래하는 요정들의 화음은 아름다웠다. 눈바 눈에서 눈물이 주르륵 흘렀다.

'음악이 들리네. 노래가 아름답다. 아름다운 노래는 행복하구나. 행복하면 눈물이 나는가?'

눈바가 처음 느껴보는 감정이었다. 꼼짝할 수 없었던 몸에 기운이 생긴 눈바는 후, 큰 숨을 내쉬며 번쩍 눈을 떴다.

"와, 우리 친구가 살아났어!"

요정들이 박수를 치며 좋아했다. 히포가 다가와 "친구 괜찮아?" 하고 물었다.

"응, 그런 것 같아. 어디 한번 일어나 볼까?"

눈바가 앞발을 쭉 뻗어 기지개를 켜본 후 점프를 했다.

"오, 요정 산의 눈이 친구를 살렸군. 요정의 산 만세!"

히포가 만세를 부르자 요정들이 일제히 만세를 외쳤다.

21

요정의 산은 도깨비 동굴 가장 끝에 있는 거대한 산이다. 꼭대기에는 여름에도 녹지 않는 흰 눈이 멋지게 쌓여 있었다. 눈이 쌓인 산정 아래로는 사철 푸른 나무들이 자라고 있었으며 그 옆으로는 맑은 물이 흘렀다. 개울은 요정의 마을을 지나 에메랄드 호수로 흘러 들어갔다. 호수에서는 요정들이 뱃놀이를 즐기고 있었으며 하늘은 구름 한 점 없이 맑고 화창했다.

"난 눈바야."

눈바가 히포에게 악수를 청했다. 히포는 눈바의 손을 잡으며 인사했다.

"난, 히포라고 해. 요정의 마을에선 의술의 요정으로 통하지.”

“살려줘서 고마워.”

“고맙다는 인사는 요정들에게 해야 할 거야. 요정의 산에서 눈을 날라 오는 일은 생각보다 힘들거든.”

히포가 눈을 함께 날라준 요정들을 소개했다.

“이쪽은 요정 산에서 눈을 날라 온 꽃의 요정과 눈의 요정들이야.”

눈바가 요정들에게 다시 고개를 숙였다.

“고마워, 너희들이 날 살렸어. 이 은혜는 잊지 않을게.”

“살아줘서 우리가 고맙지. 우린 네가 죽은 줄만 알았거든.”

요정들이 눈물을 글썽거렸다.

"아, 이쪽은 노래하는 요정들의 선생님 모차르트야."

"나 정신 잃었을 때 음악 잘 들었어. 정말로 환상적이었어. 이렇게 아름다운 음악이 있나 싶었지. 히포가 몸을 치료했다면 음악은 내 영혼을 어루만져주면서 눈물이 나게 했어."

"이런! 널 울릴 생각은 없었는데. 다음에는 신나게 춤을 출 음악을 들려주지. 기대해."

모차르트의 말에 눈바가 "고마워, 친구야." 했다.

22

"그런데 너희들 혹시 나처럼 눈으로 만들어진 물매화를 보지 못했니? 이름은 플로라인데."

눈바가 꽃의 요정들에게 물었다.

"플로라?"

"응, 나와 함께 이곳으로 온 친구야."

눈바의 말에 꽃의 요정들이 고개를 갸웃거렸다.

"바람 요정 골짜기에 누군가 왔다고 하던데, 눈바가 찾는 친구가 아닐까? 많이 다친 꽃이 있다고 했거든."

"바람 요정 골짜기? 거기가 어디야?"

플로라가 많이 다쳤다는 말에 깜짝 놀란 눈바가 꽃의 요정을 붙잡고 물었다.

"진정해. 여기서 가까운 곳이야. 같이 가자. 네 친구라면 바로 우리 친구니까."

꽃의 요정이 흔쾌히 앞장섰다.

23

꽃의 요정과 함께 간 곳은 에메랄드 호수에서 굽이 하나를 돌면 나타나는 아름다운 마을이었다. 마을로 들어서니 바오밥나무를 닮은 큰 아름드리나무가 숲을 이루며 서 있었다.

"세상에 이렇게 큰 나무가 있다니!"

눈바는 고개가 꺾이도록 높은 나무를 올려다보며 말했다.

"여기는 요정들이 바람을 만드는 곳이야. 바람은 다 이곳에서 만들어져서 각 마을로 실려 가. 지금은 산들바람을 만들고 있군."

꽃의 요정이 불어오는 바람을 느끼며 말했다. 그때였다.

나무 위에 앉아 있던 요정이 훌쩍 뛰어내렸다. 이 마을 촌장 '새벽바람'이었다.

"어서 와. 꽃의 요정이 여기까지 어쩐 일이야?"

새벽바람이 반갑게 맞이했다. 눈바가 급하게 말했다.

"친구를 찾고 있어. 눈으로 만들어졌는데 꽃 모양이고 이름은 플로라야."

"아, 그 친구 이름이 플로라였군. 지금 나무 그늘에서 치료 중이야."

눈바는 꽃의 요정과 함께 플로라에게로 달려갔다.

"플로라!"

하지만 나무 그늘에 누워 있는 꽃은 플로라가 아니었다.

"이 꽃은 물매화가 아니야. 어찌 된 일이지?"

새벽바람이 미안한 표정을 지었다.

"우리가 물매화를 본 적이 없어서 그만."

눈바가 플로라를 흔들어보았지만 플로라는 눈조차 뜨지 못했다.

"떨어지면서 나뭇가지에 걸려 산산조각이 났는데, 우리가 잘못 만들었는지 깨어나질 않네."

새벽바람이 고개를 저으며 말했다.

"어쩌지?"

눈바가 꽃의 요정에게 물었다.

"걱정 마. 내가 꽃의 요정이잖아. 물매화로 변신해서 어떻게 생겼는지 보여줄게."

꽃의 요정은 새벽바람에게 말했다.

"눈의 요정과 히포에게 말풍선을 보내줘. 급히 오라고."

새벽바람이 말풍선을 바람에 실어 보냈다. 말풍선을 받은 눈의 요정과 히포가 급히 날아왔다.

"무슨 일이야?"

히포가 숨을 헐떡이며 물었다.

"내 친구 플로라를 살려줘. 제발 살려 줘! 부탁이야. 눈이 모자라면 내 몸에서 눈덩이를 떼어내도 좋아."

눈바는 흐르는 눈물을 멈출 수가 없었다. 히포가 눈바를 달랬다.

"그만 울어. 네가 울면 녹아내려서 너도 살 수 없어. 내가 네 친구 꼭 살려줄게."

24

플로라의 몸 상태를 살피던 히포가 고개를 갸웃거렸다.

"추락하면서 모든 조직이 어긋나고 이미 다른 꽃으로 만들어버려서 이대론 깨어날 수가 없어. 깨어난다 해도 처음 보는 낯선 꽃이 될 거야."

"그럼 어떡해? 방법이 없어?"

"전부 해체했다가 다시 만들어야 해."

"다시 만들면 플로라로 돌아오는 거야?"

"어려운 수술이지만 최선을 다해봐야지."

히포는 눈의 요정들에게 플로라의 몸 조직과 같은 눈을 찾아오라 했다.

"알겠어."

눈의 요정이 눈 덮인 요정의 산으로 날아갔다. 눈의 요정이 눈을 찾아오는 사이 꽃의 요정은 히포를 도와 플로라를 해체했다. 눈바는 플로라가 무사히 깨어나기를 간절히 기도하고 또 기도했다.

"플로라, 나 혼자는 안 돼. 네가 있어야 해. 우리 책방으로 함께 돌아가자. 아빠, 엄마가 우리를 만들어주셨던 거, 그 행복한 순간을 기억해. 그 행복한 기억으로 제발 깨어나라…. 제발."

25

플로라의 수술은 복잡해서 긴 시간 동안 이어졌다. 히포는 물매화로 변신한 꽃의 요정을 바라보면서 플로라 몸을 하나하나 붙여나갔다. 부족한 곳은 요정의 산에서 가져온 눈을 활용했다. 눈의 요정들은 산꼭대기까지 올라가 필요한 눈을 바구니에 담아왔다. 히포는 눈의 요정이 건네주는 눈덩이를 다져 플로라를 만들어갔다. 꽃대가 완성되고 꽃잎이 만들어지고 왕관처럼 생긴 물매화 꽃술이 하나씩 세워졌다. 플로라의 몸이 완성되어가는 모습을 지켜보던 눈바는 긴장해서 숨도 쉬지 못했다.

어느 순간, 바쁘게 움직이던 히포가 두 손을 번쩍 들며 소리쳤다.

"수술 끝!"

히포가 한숨을 내쉬며 눈의 요정과 꽃의 요정들에게 도 와줘서 고맙다고 말했다.

눈바가 조바심을 내며 다그쳤다.

"그런데 왜 눈을 뜨지 않지? 플로라는 언제 깨어나지? 수 술 잘 된 거 맞아?"

"기다려. 새벽바람이 이제 생명 바람을 넣어줄 거야."

히포의 말에 새벽바람이 플로라에게 다가갔다. 새벽바 람은 바람 요정들에게 생명 바람을 일으키게 했다. 바람 요정들이 만든 생명 바람은 보통 바람과는 다른, 조금은 서늘하고 상쾌하고 달콤한 바람이었다. 생명 바람이 쏴아, 플로라의 몸을 감싸는 순간 플로라가 눈을 번쩍 떴다.

"플로라! 깨어났구나. 정말 다행이다. 얼마나 걱정했는지 몰라.”

눈바가 플로라를 꼭 안았다.

“눈바! 걱정은 왜 했어? 네가 날 지켜준다고 했잖아. 그런
데 여기는 어디야?”

눈바가 도깨비 궁을 탈출하던 순간을 이야기했다. 둘 다
다치게 된 이야기, 요정들이 다시 살려주었다는 이야기를
다 듣고 난 플로라가 방긋 웃었다.

“맞아, 눈바가 비밀 통로를 찾았는데 그 틈으로 우리가
빨려 들어갔지.”

“그래, 그곳이 여기 요정의 나라였어. 통로를 빠져나오다
다친 우리를 요정들이 살려주었어.”

“고마운 요정 친구들. 아참, 이럴 시간이 없네. 단테가 기

다닐 거야. 어서 돌아가자."

몸을 일으키던 플로라가 비틀거리며 넘어졌다.

"플로라, 왜 그래?"

눈바가 플로라를 부축하며 히포를 바라보았다. 히포가
눈바에게 플로라를 다시 눕히라고 하며 말했다.

"플로라, 너는 조금 더 쉬어야 해. 넌 많이 다쳐서 복잡한
수술을 받았어. 요정 산에서 가져온 눈이 너의 몸에 이식되
어 있어. 서로 유기적으로 연결되려면 시간이 좀 더 필요해."

"이상하다? 나는 처음부터 괜찮았는데?"

눈바가 의문을 제기하자 히포가 눈바를 돌아보았다.

"너는 등과 꼬리 부분만 교체했잖아? 설마 지금 내 실력

을 못 믿는 거야?"

"아니, 그런 건 아니지만 걱정이 돼서."

눈바가 말꼬리를 흐렸다.

26

　새벽바람은 플로라를 위해 신선한 바람을 공급했고, 노래하는 요정은 플로라를 위해 아름다운 노래를 불러주었다. 새벽바람은 그 노래를 바람에 실어 멀리까지 날려 보냈다.

　깨어나세요, 먼 곳에서 온 그대
　우리는 그대의 친구랍니다
　그대는 요정의 산이 만든 우리의 친구
　걱정 마세요, 우리는 그대의 친구랍니다

　플로라는 다시 까무룩 깊은 꿈속으로 빠져들었다. 눈바는 걱정 가득한 눈으로 플로라를 바라보았다. 할 수만 있다면 대신 아파주고 싶었다.

27

"아, 잘 잤다."

마침내 플로라가 깨어났다.

"플로라, 이제 괜찮아?"

잠시도 옆을 떠나지 않던 눈바가 플로라에게 물었다.

"응, 아주 상쾌해. 새로 태어나고 더 건강해진 느낌이야."

히포가 청진기로 플로라를 진찰하며 말했다.

"건강해진 게 당연하지. 내가 누구야? 히포잖아. 니 친구 눈바가 어찌나 걱정했는지, 너 자는 동안 한시도 떨어지 않고 지키고 있었어. 엄청 사랑하는 듯.”

히포의 말에 눈바 얼굴이 붉어졌다.

“우리 요정 나라를 구경시켜줄게. 어디 걸을 수 있는지 일어나 봐.”

플로라는 거뜬하게 일어났다.

눈바와 플로라는 히포와 모차르트의 안내로 요정 나라를 구경했다. 역사 이래 외부 침입을 한 번도 받지 않았다는 요정 나라는 먹을 것이 풍부한 데다 날씨가 사철 변함없이 좋아서 구석구석 아름답지 않은 곳이 없었다. 에메랄드 호수에 도착한 눈바는 천국이 있다면 여기가 아닐까 생각했다.

“눈바, 너흰 어디에서 왔니?”

노래하는 요정이 물었다.

"우리? 저 밖에 나가면 도깨비소 옆에 책방이 하나 있거
든. 소설가 아빠와 동화작가 엄마가 우리를 만들어주셨어."

"그럼 그 마을은 지금 겨울이네?"

"응, 하얀 눈이 가득해. 고라니와 산양이 뛰어노는 산이
있고, 동물들이 목을 축이러 오는, 겨울에도 얼지 않는 샘
이 있는 마을이라 옛날에는 샘말이라 불렀대."

플로라가 책방을 생각하며 말했다.

"아름다운 곳이겠구나."

"물론이지."

요정 나라가 아무리 천국같이 살기 좋다고 해도 눈바와

플로라는 아빠, 엄마가 있는 책방으로 어서 돌아가고 싶었
다. 눈바는 플로라가 건강해지기를 가만히 기다렸다.

28

낮과 밤이 따로 없는 요정 나라에선 어떻게 하루가 가고 어떻게 시간이 흘러가는지 알 수 없었다. 먹고 자는 시간 또한 정해진 것이 없으니 편안하긴 해도 뭔가 마음 한구석이 헛헛했다. 책방에서는 시간이 구분되어 식사를 준비하고 밥을 먹고 일을 하고 어둠이 내리면 잠을 잤는데, 요정의 나라엔 그런 일들이 없었다.

요정 나라에 온 지 얼마나 되었는지 알 수 없으니 답답했다. 누구에게 물을 수도 없었다. 묻는다 해도 시간관념이 없으니 답도 명쾌하지 못했다. 이러다간 책방으로 돌아갈 수도 없을 거라는 생각이 들자 조바심이 나기 시작했다.

"플로라, 몸도 좋아졌으니 이제 돌아가자. 단테가 기다릴 거야."

눈바가 말했다.

"그래. 나도 멍청한 철학자 단테가 보고 싶은걸. 그리고 우리 엄마, 아빠도."

플로라가 조그만 목소리로 말했다.

눈바는 히포를 찾아갔다.

"히포, 그동안 고마웠어. 플로라도 다 회복되었으니 우린 이제 돌아가고 싶어."

"더 머물지 그래. 요정 나라는 누구나 오고 싶어 하는 곳이지만, 그렇다고 아무나 올 수 있는 곳은 아니야. 이곳에 온 너희는 무척 운이 좋은 친구들이라 할 수 있지. 물론 여기에 온 최초의 외부인이긴 하지만"

"이곳이 아무리 좋아도 우린 가야 해. 고블린을 몰아내고 평화를 찾아야 하거든. 그리고 책방 엄마, 아빠도 보고 싶고."

"고블린이 왕을 속여 정령 공주와 결혼하고 도깨비 궁을 장악했다지. 고블린 가문은 믿을 만한 가문이 못 되는데, 왕이 어리석게 왜 속았을까?"

"그러게. 하지만 우리가 꼭 평화를 지켜낼 거야."

"그래. 너를 믿고 응원할게."

29

히포와 모차르트는 새벽바람과 함께 눈바와 플로라를 배웅했다. 눈과 꽃의 요정이 인간 세상으로 나갈 수 있는 비밀 길을 열어 주었다.

둥글게 휘어진 길이 무지개처럼 땅에서부터 하늘 끝까지 뻗어있었다. 그 길 위로 맑고 청아한 햇살이 눈부시게 쏟아져 내렸다. 눈바가 플로라를 등에 태우고 하늘 길 위로 올라서자 모차르트가 선물을 내밀었다.

"이거 받아. 내 선물이야."

"뭔데?"

눈바가 물었다.

"우리 요정들이 만든 마법 피리야. 이걸 불면 죽어가는 모든 걸 살릴 수 있어."

"와, 이건 모차르트가 아주 아껴서 만지지도 못하게 하던 피리인데. 이걸 주다니. 이것만 있으면 내가 힘들게 수술하지 않아도 되었잖아."

히포가 깜짝 놀라 마법 피리와 모차르트를 번갈아 보았다.

"고블린과 싸울 때 꼭 필요한 순간이 있을 거야. 받아둬."

"이렇게 귀한 피리를 주다니 고마워. 반드시 고블린을 몰아내고 평화를 찾을게."

눈바는 모차르트가 건넨 마법 피리를 목에 걸었다. 배웅 나온 요정들과 작별 인사를 한 후 눈바와 플로라는 하늘 길 끝까지 날아올랐다. 순간 빛이 쏴아, 쏟아지며 눈을 뜰 수 없었고, 눈바와 플로라는 책방 마당에 쿵 소리와 함께 떨어져 정신을 잃었다.

히포가 하늘길을 닫으며 말했다.

"안녕, 친구들. 잘 가. 다시는 볼 수 없겠지. 다시는 내 수술이 필요하지 않도록 건강하게 잘 살아라."

30

"야, 너희들 책방에 가면 간다고 해야지 한참 찾았잖아?"

단테가 눈바와 플로라에게 소리쳤다.

"미안하다. 도깨비 궁에서 연기가 너무 심해 탈출한다는 게 요정의 나라로 가게 됐고, 다친 몸을 치료하고 그곳을 떠나니 어느 순간 책방에 와 있었어."

"단테 너는 상황을 살펴보러 간다고 하고 돌아오지 않았잖아? 무슨 일이었던 거야?"

플로라가 물었다.

"고블린이 도깨비 왕의 흔적을 없앤다고 궁에 있던 것들을 다 불태웠어. 그것도 반드시 바람의 길목에서 소각하라고 명령했대.”

“바람의 길목이 고블린에겐 쓰레기 소각장에 불과했던 거네?”

“고블린은 철학이 없는 놈이잖아. 게다가 영혼이 드나든다고 믿어서 우리가 신성하게 여기는 곳이라니 더 짓밟고 싶었나 봐.”

“진짜 그 벌 다 받을 거야. 지금은 괜찮아?”

“아직도 연기가 무럭무럭 피어오르고 있어.”

단테가 방금 오는 길에도 연기를 보았다는 말을 덧붙였다.

“그럼 며칠 더 기다려야겠네.”

"응. 아직 열기도 남아있어서 연기가 빠진 후에 가는 게 좋겠어. 근데, 너 목에 걸린 건 뭐냐?"

단테가 눈바 목에 걸려 있는 피리를 가리키며 물었다.

"이거? 요정 나라에서 선물로 받은 거야."

눈바가 자신의 목에 걸려 있는 피리를 만지며 모차르트 음악을 떠올렸다.

"어디 보자. 나 이거 본 적이 있어. 이렇게 하니까 소리가 나던데."

단테가 눈바의 목에 걸려 있던 마법 피리를 입에 대고 후 불었다. 피리에서는 아무 소리도 나지 않았다.

"너도 소리가 안 나네. 나도 불어봤는데 아무 소리도 나지 않았어."

눈바가 말했다.

"고장난 피린가? 중요한 거라 쓸모가 있을 거라 했는데."

플로라가 마법 피리를 살피며 말했다.

"생긴 거 보니 지옥과 연옥을 다 경험한 나 같은 철학자에게 어울리는 피리인 듯하니 이거 나 줘라."

단테가 마법 피리를 달라고 하자 눈바는 조금 망설였다. 선물을 주었던 모차르트가 떠올랐기 때문이었다. 하지만 모차르트도 단테에게 주는 것을 더 좋아할 거라는 생각이 들었다. 물건은 주인이 있기 마련이다.

"이건 내게 소중한 선물이긴 하지만 너 줄게. 걸어다니기 조금 불편했거든. 단테가 목에 걸고 있는 게 좋겠어. 잘 간직해줘."

눈바가 마법 피리를 단테의 목에 걸어주었다. 그 모습을 본 플로라가 눈을 빛내며 말했다.

"우와, 철학자가 아니라 노래하는 방랑자 같은걸."

"그래, 세상을 다 품은 유목민 철학자 같다."

눈바까지 나서자 단테는 어깨를 으쓱했다.

"내가 좀 멋지긴 하지."

31

며칠 후, 눈바는 단테 플로라와 함께 도깨비 궁에 들어갈 준비를 마쳤다. 어둠이 깊어졌을 때, 셋은 도깨비 궁으로 향했다. 단테 말처럼 소각이 끝났다고는 하지만 바람의 길목 주변은 여전히 매캐한 연기로 덮여 있었다.

"냄새 한 번 지독하다."

도깨비들이 신성시했던 바람의 길목은 쓰레기 소각장이 되어버렸으며, 곳곳에선 연기가 피어오르고 있었다. 서둘러 바람의 길목을 지난 셋은 광장을 지나 왕과 공주가 있는 지하 감옥으로 갔다. 가까이 가자 죽음의 호수가 나타났고, 감옥을 지키는 경계병들이 보초를 서고 있었다.

"자, 작전대로 실시한다. 단테 먼저 건너가서 우리에게

밧줄을 내려 줘.”

눈바는 단테를 등에 태우고 호수를 건넜다. 얼음처럼 차가운 물이 살을 찌르듯 파고들었다. 다행히 아무도 눈치채지 못했다. 돌아온 눈바는 등에서 미끄러지지 않게 플로라를 단단히 묶었다. 단테가 호수를 지키던 뿔깨비 하나를 해치우자 다급한 경계 호각 소리가 들렸다.

“침입자가 나타났다!”

눈바는 플로라에게 “날 믿고 겁내지 마. 자, 건넌다. 꽉 잡아!” 하고 소리쳤다.

“걱정 마. 너와 함께라면 이 세상 어디에 가도 겁나지 않아.” 플로라가 눈바를 꼭 잡으며 말했다.

플로라를 태운 눈바는 호수로 첨벙 뛰어들었다. 호숫물은 몸이 얼어붙을 정도로 차가웠다. 정신이 번쩍 들었지만 눈바는 얼음처럼 차가운 물이 오히려 다행이라고 생각했다.

호수를 빠른 속도로 건너자 이번에는 물고기들이 이빨을 드러내며 눈바를 향해 달려들었다. 인간도 잡아먹는다는 식인 물고기였다. 끽끽, 소리를 내며 우는 식인 물고기는 톱니보다도 강한 이빨을 가져서 한 번 물리자 살점이 뚝뚝 떨어져 나갔다.

그 순간 동굴 천정에서 화살이 쏟아졌고, 화살은 플로라와 눈바 몸에 박혔다. 플로라가 "눈바! 화살은 내가 뽑을 테니 계속 전진!" 하며 몸에 박힌 화살을 뽑았다. 화살을 맞은 자리는 다시 얼음으로 메꿔졌고, 물고기에게 물린 자리도 빠르게 꽝꽝 얼어붙었다.

"물이 차가워서 다행이야!"

"그러게. 좋게 생각하면 다 좋아!"

화살이 또 한 번 쏟아졌다.

"저, 저런! 내가 서둘러야겠군."

단테가 로프를 걸고 절벽으로 기어올랐다. 꼭대기에 이르니 감옥을 내려다볼 수 있는 전망대가 있고 뿔깨비 하나가 수십 개의 화살을 동시에 날릴 수 있는 화살판을 조종하고 있었다. 침입자가 전망대에 나타나자 뿔깨비가 무기를 들고 공격했다. 결투 끝에 뿔깨비를 제압한 단테는 화살판을 절벽 아래로 던져버렸다. 이어 천장에 로프를 건 단테는 밧줄을 내렸다.

"눈바, 밧줄을 잡아!"

눈바는 단테가 내려준 밧줄을 잡고 절벽을 기어올랐다.
"작전 성공!" 눈바가 단테를 향해 말하려 했으나 입이 얼어붙어 말이 나오지 않았다.

32

절벽을 오른 눈바와 플로라는 지하 감옥으로 내려가 도깨비 왕부터 찾아갔다. 입이 얼어붙은 눈바 대신 플로라가 왕에게 말했다.

"왕이시여. 악마 고블린 왕자가 평화 도깨비들의 마법을 정지시켰나이다. 부디 마법을 되살릴 방법을 알려주세요."

"오, 안타깝게도 짐은 그 방법을 알고 있지 못하오. 공주는 혹 알지 모르니 공주를 만나보시오."

도깨비 왕이 고개를 절레절레 흔들며 탄식했다. 플로라는 공주가 있는 감옥으로 갔다. 공주가 갇혀 있는 감옥에는 시종이 하나 있었는데, 놀랍게도 갈색 털을 한 고양이였다.

"그댄 누구시오?"

갈색 고양이가 물었다.

"플로라입니다. 고블린이 없앤 도깨비 마법을 되살릴 방법을 찾고자 왔어요. 마법만 되찾으면 도깨비 궁을 되찾을 수 있고 공주님께서도 풀려나실 수 있습니다."

시종 고양이는 공주에게 그 말을 전하겠노라 했다. 말을 전해 들은 공주가 플로라를 만나러 왔다.

"마법을 되살릴 방법은 두 가지가 있습니다. 하나는 왕자가 들고 있는 악마의 칼을 없애는 것이고, 또 하나는… 아, 쉽지 않을 거예요."

공주는 두 가지 방법 다 힘들다며 고개를 흔들었다.

"또 하나는 뭐죠?"

"궁에 꽃을 피우면 그 향기로 도깨비 마법이 저절로 살아납니다. 우리 마법은 꽃향기로 유지되는 것이거든요. 하지만 도깨비 궁은 동굴이라 꽃을 살리기 힘들어요. 특별한 정성과 사랑이 필요한 일이죠."

"꽃향기가 마법을 살린다고요? 고블린이 꽃밭을 서둘러 없앤 이유가 그것이었군요."

이제야 꽃밭을 태우고 동굴을 사막처럼 만든 게 이해가 되었다.

"하지만 방법이 아예 없는 건 아니에요. 제가 동굴에서 잘 자라는 비상 꽃씨를 가지고 있으니 그것을 뿌려보세요. 꽃 기르는 방법은 시종 눈바가 잘 알려드릴 겁니다."

플로라 옆에서 갈색 고양이를 가만히 지켜보던 눈바가 깜짝 놀라 입이 풀렸다.

"눈바? 나와 이름이 똑같네. 안녕? 나는 책방 고양이 눈바야."

"책방이요?"

시종의 눈이 번쩍 뜨였다. 플로라가 말했다.

"예, 책방은 우리 집이에요."

"오, 저도 책방 고양이었어요. 책방 내외분이 이곳으로 이사 오는 날 나도 데리고 왔는데, 그만 개들에게 쫓겨 떠돌다가 도깨비 궁에 오게 되었어요. 이후 공주님 시종이 되었고 지금껏 이곳에서 지내고 있습니다."

"어쩐지 둘은 많이 닮았네요. 우리 엄마가 잃어버렸던 눈바를 잊지 못해 눈고양이를 만들어 눈바라고 불렀나 봐요."

"두 분 많이 보고 싶군요. 책방 어머닌 잘 계신가요?"

시종 고양이 눈바가 눈물을 글썽이며 책방 아내의 안부를 물었다. 플로라는 책방 소식을 전해주며 "잘 계십니다. 반가워요. 그러고 보니 우린 모두 책방 식구로군요." 했다.

"책방 소식을 여기에서 듣게 되다니요. 어머니께 눈바가 살아 있다고, 너무 보고 싶다고 전해주세요."

시종 고양이가 눈물을 글썽거렸다.

"나도 만나게 되어 반가워요. 엄마에게 꼭 안부 전해줄게요. 아, 하지만 이렇게 좋아하기엔 지금 우리에게 시간이 없어요. 보다시피 눈으로 만들어진 터라 몸이 이렇게 녹아들고 있거든요."

"아, 미안해요."

시종은 꽃씨를 뿌리고 키우는 방법을 빠르게 설명하곤 플로라에게 꽃씨를 건넸다.

"자, 성공을 빌게요. 어서 떠나요!"

눈바는 아무 말도 하지 않았다. 엄마가 시종 고양이를 만나게 된다면 누구를 더 좋아할까 생각했다. 같은 이름을 가진 고양이가 또 있다니. 세상에 단 하나뿐인 고양이가 아닌 것이 조금 슬펐다.

돌아오는 길, 죽음의 호수를 건너는 중에 눈바는 머리에 화살을 맞았고, 플로라는 가슴에 화살을 맞았다.

33

"응? 이 녀석들이 왜 이러지? 여보, 눈바와 플로라가 이상해요."

마당에 나가 있던 책방 주인이 아내를 불렀다. 마당으로 나온 아내가 눈바와 플로라를 보더니 "어머, 이 상처 좀 봐. 상처가 심각한데, 어서 치료를 해줘야겠군요." 했다. 아내 말처럼 플로라 꽃잎이 다 무너져 내렸는데, 아름답던 꽃술은 흔적도 없었다. 눈바도 머리가 부서지고 꼬리가 절반이나 잘려 나간 데다 곳곳에 금이 가거나 깨진 상태여서 상처로 보면 플로라보다 눈바가 더 심각했다.

"간밤에 눈바와 플로라에게 무슨 일이 있었나 봐요."

책방 주인 말에 아내는 "도깨비들이 또 다녀간 게 아닐까요?" 했다.

"도깨비가 우리 애들을 왜 이렇게 만들었을까?"

"너무 멋지고 예쁘게 생겨서 질투가 났나 봐요. 가엾어라. 우리가 고쳐줘요."

책방 주인과 아내는 밟지 않은 깨끗한 눈을 모아 눈바와 플로라를 매만졌다. 책방 주인은 눈바 겨드랑이에 날개까지 달았다. 복원을 끝낸 책방 주인은 눈바에게 '날으는 눈바'라는 새 이름을 붙여주며 "이젠 아프지 말고 훨훨 날아다녀라." 했다.

아내는 플로라를 꽃의 여신답게 더 아름답게 꾸몄고, 사랑의 묘약인 특별한 향기 또한 몸 깊숙한 곳에 심어주었다.

"플로라, 이젠 아프지 말고 사랑만 받고 살아라."

34

"아함, 잘 잤다."

눈바가 기지개를 길게 켜며 잠에서 깨어났다. 눈바가 "어, 내 몸에 날개가 생겼네?" 하며 날개를 퍼덕거려보았다.

"어어, 내 몸이 하늘을 날고 있어."

몸이 둥실 떠오르자 눈바는 신기한 듯 날개를 살폈다. 눈바가 소란을 피우자 플로라도 끙, 하며 잠에서 깨어났다.

"아, 상쾌해. 어쩐지 나에게 좋은 향기가 나는 것 같지 않아?"

잠에서 깬 플로라도 콧노래를 부르며 기분 좋은 표정을

지었다. 그때 단테가 책방 마당으로 들어섰다.

"어라? 너희들 괜찮아?"

"그럼, 괜찮지. 왜?"

"왜라니, 난 너희 둘 다 죽은 줄 알았다. 화살을 맞고 쓰러져 여기까지도 간신히 왔거든."

"그랬나? 전혀 기억이 안 나네."

눈바와 플로라가 고개를 갸우뚱했다.

"허, 이게 뭔 일이야. 간밤 도깨비 궁에서 있었던 그 엄청난 일이 하나도 기억나지 않는단 말야?"

단테의 말에 눈바가 "정말이야. 아무런 기억이 없어." 했다. 그 말에 단테가 간밤에 벌어진 일들을 하나하나 이야기했다.

"우리가 무사히 지하 감옥에 갔다 왔어. 정말 짜릿하고 신나는 모험이었지. 그 멋진 모험이 기억 안 난다니 너무 안타깝다. 화살을 머리에 맞아서 그런가? 죽음의 호수를 건너 책방으로 돌아오면서 플로라 네가 계속 중얼거렸잖아."

"내가 중얼거렸다고?"

"그래, 공주님이 꽃씨를 줬다. 이것만 있으면 다 잘될 거라고. 그리고 또 뭐라더라. 시종 고양이가 눈바라나. 엄마한테 눈바가 보고 싶어한다는 말을 꼭 전해야 한다고 몇 번이고 중얼거리던데?"

단테가 플로라를 살피며 물었다.

"기억 안 나? 플로라, 몸 어딘가에 꽃씨가 있을 거야. 찾아봐."

단테의 말에 플로라가 "어머, 단테 말이 맞네. 내 꽃대에 꽃씨 주머니가 들어 있어. 그래서 향기가 났나 봐." 하며 신기하다는 표정을 지었다.

"공주님이 이 꽃씨를 왜 내게 줬을까?"

"공주님이 주신 꽃씨라면 마법을 푸는 열쇠일 거야. 우리가 이 꽃씨를 도깨비궁에 뿌리자."

눈바 말에 모두 고개를 끄덕였다.

35

눈바가 플로라와 단테를 태우곤 날개를 활짝 폈다.

"자, 꽃씨를 뿌리러 가자. 출발한다. 꼭 붙잡아!"

눈바가 공중으로 날아오르자 플로라가 "아, 밤하늘이
이토록 아름답다니. 눈바에게 날개가 있으니 참 좋네. 하
늘을 다 날고." 하며 신기해했다.

도깨비 산을 크게 한 바퀴 돈 눈바는 "도깨비 산이 이렇
게 생겼구나." 하며 도깨비 궁으로 향했다.

도깨비 궁에 도착한 눈바 일행은 뿔깨비의 눈을 피해 꽃
씨를 뿌리기 시작했다. 하나, 둘, 셋, 꽃씨 뿌리는 일은 숨바
꼭질과 같다. 꽃씨를 여기저기 숨겨두면 바람, 햇살이 꽃씨

를 찾아내서 싹을 틔우고, 꽃을 피운다. 그렇게 한 달을 넘기자 궁 여기저기에서 싹이 하나씩 트기 시작했다.

그러던 어느 날, 알 수 없는 향기가 코끝을 스치고 지나갔다. 기분 좋게 만드는 달콤한 향기였다. 고블린이 코를 벌름거렸다.

"흠흠, 이게 무슨 향이지?"

생전 처음 맡아보는 향이었지만 무척이나 매혹적이라 자꾸만 코를 벌름거리게 하는 향기였다. 고블린은 그 향을 자신만 맡은 건 아닌가 싶어 비서 뿔깨비에게 물었다.

"이봐, 무슨 냄새가 나지 않는가?"

고블린의 말에 비서 뿔깨비가 코를 큼큼거렸다.

"납니다. 좋은 냄새입니다. 어디에서 나는 향기일까요?"

고블린은 궁궐을 둘러보았다. 금 단장이 한창인 궁궐은 고블린이 보기에도 화려하고 아름다웠다. 고블린은 '저렇게 화려하고 아름다운 황금에 향기가 없다는 건 말이 안 되지.'라고 중얼거리며 자신이 맡은 향기는 황금에서 나는 향기라고 생각했다.

"그래, 이건 황금에서 나는 향기일 거야. 황금 향기!"

36

꽃이 하나둘 피어나자 그 향기가 도깨비 궁 전체로 퍼져 나갔다. 향기가 퍼지자 절망에 빠져 있던 도깨비들의 머릿 속에는 알 수 없는 평화와 희망이 샘솟았다. 그 희망이 꽃으로 인해 생겼다는 사실을 알아차린 건 아무도 없었다. 그 사이에도 숨바꼭질 놀이는 계속되었고 꽃씨들은 술래에게 들켜서 꽃으로 자꾸자꾸 피어났다.

37

도깨비 궁의 꽃을 관리하던 단테가 헐레벌떡 책방으로
왔다.

"눈바야, 큰일났어!"

"무슨 일이야? 고블린이 꽃밭의 비밀을 알아차리기라도
했단 말야?"

"그게 아니고, 꽃이 다 죽어가고 있어."

단테가 숨을 헐떡이며 소리쳤다.

"그게 무슨 소리야? 자세히 말해봐."

플로라가 발을 동동 굴렀다.

"그러게, 잘 크고 있었는데 대체 무슨 일이 생긴 거야."

"어제 고블린이 궁궐 대청소를 명령했는데, 뿔깨비들이 황금을 씻은 물을 꽃밭에 버렸다고 해. 그 물이 쏟아지자 꽃들이 향기를 잃고 시들기 시작했어."

"아, 큰일이네. 이제 어쩌지?"

플로라가 울먹였다.

"눈바 무슨 방법이 없겠어? 넌 책을 많이 읽으니까 이런 건 잘 알 거 아냐."

단테가 물었다. 눈바가 시무룩하게 고개를 숙였다.

"내가 읽었던 책에 이런 걸 알려주는 글은 없었어."

"이제 어쩌지?"

걱정하는 단테에게 플로라가 물었다.

"왜 너는 일이 생길 때마다 우리 눈바만 찾냐? 철학자는 도대체 아는 게 뭐야?"

"내가 알면 너희들에게 달려왔겠니."

단테가 고개를 흔들었다.

"안 되겠다. 공주를 만나 보자. 공주에게 꽃을 살릴 수 있는 방법이 있을지도 몰라."

플로라가 말했다.

"그래. 공주님에게 가자."

단테와 눈바가 좋은 생각이라며 고개를 끄덕였다.

38

눈바는 단테와 플로라를 태우고 도깨비 궁으로 갔다. 날개가 있으니 훨훨 날아갈 수 있어서 좋았다. 바람의 길목을 지나 공주가 있는 지하 감옥으로 가서 꽃소식을 전했다.

"공주님, 꽃이 다 죽어가고 있어요. 방법이 없을까요? 꽃들을 살려주세요."

단테가 공주에게 애원했다. 플로라도 풀이 죽었다.

"꽃이 활짝 필 때만을 기다렸어. 책방은 겨울이라 꽃이 없어. 꽃 친구가 많아지면 나도 더 행복했을 텐데."

한동안 슬픔에 잠겨 침묵하던 공주는 단테의 목에 걸린 피리를 보았다.

"가만, 목에 걸린 그 피리는 뭔가요?"

"눈바가 요정 나라에서 받은 피린데, 소리가 나지 않아요."

단테가 피리를 불어 보이며 말했다.

"그래요. 고장 난 피리예요."

플로라도 한마디했다.

"어디 봐요. 오래전 이 피리를 불어본 적 있어요. 이 피리
를 불면 죽어가는 것들이 신기하게 살아났었어요."

공주가 단정히 자리를 잡고 앉아 피리를 불기 시작했다.
그러자 곱고도 맑은 소리가 나왔고, 그 소리는 도깨비 궁
전체로 퍼져나갔다.

"어, 소리가 나네?"

단테가 신기한 듯 공주를 바라보았다.

"밖에 나가 꽃들에게 무슨 변화가 생겼는지 내가 확인해보고 올게. 잠시만 기다려봐."

눈바가 날개를 펼치며 공중으로 날아 도깨비 궁으로 올라갔다. 궁에 올라가자 공주가 부는 피리 소리가 은은하게 들려왔고, 소리가 들리는 곳마다 죽어가던 꽃들이 하나둘 살아나기 시작했다.

"어어, 꽃이 살아나고 있어!"

눈바는 이 소식을 공주에게 알리기 위해 지하 감옥으로 날았다.

"공주님, 꽃들이 살아나고 있어요!"

"정말이야?"

단테가 눈을 동그랗게 뜨며 물었다.

"그렇다니까. 공주님 말이 맞았어. 저 피리는 죽어가는 걸 살리는 마법의 피리였던 거야. 진짜 마법 피리!"

정령 공주는 입술이 부르트도록 계속 피리를 불었다. 어깨가 아프고 팔도 저렸지만 그런 아픔쯤은 얼마든지 참을 수 있었다.

39

궁궐 청소를 끝낸 고블린 왕자는 자신의 번쩍이는 황금 궁궐을 자랑하기 위해 축제를 열었다. 채찍을 휘두르며 노예로 부리던 도깨비들에게도 모처럼의 휴식과 특식이 내려졌다.

"도깨비 형제들이여, 마음껏 먹어라. 그동안 금을 캐기 위해 수고한 너희들을 위하여 내가 잔치를 베풀었다. 오늘만큼은 마음껏 놀고 즐겨라. 형제들이여."

왕자가 축배의 잔을 높이 들며 기뻐했다. 코를 벌름거리며 고블린이 말했다.

"큼큼. 세상에서 가장 달콤한 향기가 나는구나. 이처럼 아름다운 향기는 황금 아니고는 날 수가 없지? 궁궐이 황금 향기로 가득하구나. 형제들이여, 나를 위하여 금을 더 캐다오. 알겠느냐!"

왕자는 황금 향기가 오늘따라 더욱 짙다고 느꼈다.

그 시간 공주는 계속 피리를 불었다. 눈바와 플로라는 이리저리 날아다니며 살아나는 꽃들을 살펴보았고, 단테 는 공주님 힘이 빠지지 않도록 피리 부는 팔을 받쳐주었다. 그리하여 축제가 시작될 무렵, 밀어 올린 꽃대마다 꽃송이 가 피어났고 꽃향기 또한 절정에 이르렀다.

뿔깨비들이 꽃향기에 취해 경계를 늦추는 사이, 노예로 살았던 도깨비들이 방망이를 들고 광장으로 나타났다. 그 와 동시에 나팔 소리가 길게 울렸고, 도깨비 왕과 공주가 마차를 타고 광장에 들어섰다.

"들어라. 우리의 마법이 살아났다. 겁내지 말고 방망이를 휘둘러라. 사악한 고블린 왕자와 악마 뿔깨비들을 모조리 체포하라!"

왕이 평화 도깨비들에게 큰소리로 명했다. 마법이 살아 난 도깨비들이 방망이를 휘두르며 악마 뿔깨비를 공격했 다. 축제를 벌이던 고블린 왕자는 "무, 무슨 일이냐!" 하며 소리쳤다. 왕자를 지키던 비서 뿔깨비들이 "와, 왕자님! 피 하셔야 합니다. 도깨비 마법이 살아났사옵니다!" 소리쳤다.

"뭐야? 어떻게 마법이 풀렸지?"

왕자가 도망치자 눈바와 플로라가 뒤를 쫓았고, 길목을 지키던 단테가 준비했던 그물을 왕자 위로 휙 던졌다.

"잡았다!"

단테가 왕자를 사로잡아 칼을 빼앗았다. 칼을 빼앗긴 왕 자는 발악했다.

"비켜라, 무례한 놈. 내 칼을 내놓아라. 내 너를 두 조각 내서 죽이겠다!"

그때 정령 공주가 나타나 전설의 화살촉을 고블린 목에 겨누며 말했다.

"이제 그만하라. 너의 사기극은 끝났다. 우리가 꽃을 피워서 그 향기로 마법을 풀었거든. 여봐라, 고블린을 얼음 동굴에 종신토록 가둬라. 그리고 음식으로는 매일 황금 한 그릇과 황금 씻은 물만 주도록 하라."

단테가 고블린에게서 뺏은 칼을 왕에게, 토파즈 목걸이는 공주에게 바쳤다.

도깨비 병사들이 고블린을 끌어갔다. 도깨비들이 환호하며 왕과 공주를 연호했고, 눈바와 플로라는 눈시울을 적셨다.

"우리가 해냈어! 평화를 찾았어. 우리가 드디어 함께 해냈어!"

40

왕과 공주가 도깨비 제단에 올라 도깨비 신에게 고했다.

"신이시여, 크신 도우심으로 우리가 악마들을 물리치고 도깨비 궁을 되찾았나이다. 두 번 다시 제단을 어지럽히는 일이 없도록 신께서는 평화 궁을 굽어살펴주소서. 평화를 세세토록 지켜주소서."

41

도깨비 궁에 평화가 찾아오자 단테는 다시 궁에 받아들여졌다. 반딧불이를 희롱했다는 소문도 근거 없는 음모라는 것이 밝혀졌다. 바람이 조금씩 따뜻해지면서 봄 같은 날이 이어졌다. 날이 풀리자 노란 복수초가 피어났고, 동백나무도 싹을 틔웠다.

다들 봄을 기다렸지만 봄이 야속한 이도 있었다. 봄 날씨기 이이지자 눈바와 플로라는 섬섬 기운을 잃었다. 어느 날엔 날개가 녹았고, 어느 날은 다리 한쪽이 사라졌다. 그모습이 안타까웠던 단테가 방망이를 흔들며 "겨울로 돌아가랏!" 했지만 도깨비 마법도 봄처럼 따뜻한 날씨를 겨울로 되돌려 놓지는 못했다.

"이러다 죽겠다. 지금이라도 도깨비 궁으로 가자."

단테가 눈바와 플로라의 손을 잡았다.

"늦었어. 날개도 없고 다리도 이미 녹아버렸는걸."

"나도 그래. 향기롭던 꽃대가 다 사라졌어. 이젠 말하기 조차 힘들어."

눈바와 플로라가 고통스럽다는 듯 힘겹게 말했다.

"아, 아니야. 도깨비 궁으로 가면 살 수 있어. 거기엔 얼음동굴이 있거든. 너희도 알지? 왕자를 가둔 얼음동굴. 거기 가면 살 수 있어. 어서 가자!"

단테가 다시 한 번 재촉했다.

"아니. 우리는 여기 책방에 있을 거야. 우리 아빠, 엄마가 있는 곳에 우리도 함께 있고 싶어. 단테야, 널 만나 즐겁고 행복했다. 우리가 함께 평화를 지켰잖아. 그것만으로도 내가 살았던 보람이 있어. 아무리 막아도 봄은 올 거고 봄이 오면 우린 떠나야 해. 그게 우리의 운명이야. 난 내 운명을 원망하지 않고 받아들일 거야. 그러니 너도 울지 마."

"아니야. 난 너희들을 이렇게 보낼 수 없어. 잠시만 기다려봐."

단테는 마법의 피리를 꺼내 피리를 불기 시작했다. 공주에게서 돌려받은 후 부는 법도 배워서 제법 고운 소리도 났다.

삐릴리……

피리 소리가 들릴 때 눈바는 플로라를 돌아보았다.

"우리, 이만하면 잘 살았지? 너를 만나 행복했다. 날마다 네가 무슨 생각하는지 사실 궁금했어."

"눈바, 그건 관심인데. 지금 사랑 고백하는 거야?"

플로라와 눈바는 마주보며 미소지었다.

피리 소리가 책방 마당을 가득 채웠지만 눈바와 플로라는 눈을 뜨지 못했다. 다음 날 아침 하늘은 더없이 맑았고, 땅 위에는 꽃다지와 제비꽃이 싹을 내밀었다.

42

책방 주인과 아내는 눈바와 플로라가 사라진 마당을 하염없이 바라보고 있었다.

"우리 눈바, 플로라가 없으니 텅 빈 것 같고 허전해요."

아내가 훌쩍훌쩍 울었다. 남편이 아내 어깨를 안으며 말했다.

"없긴 왜 없어요? 여기 봐요. 눈바, 플로라가 있던 자리에 꽃이 피었잖아요. 눈바와 플로라는 꽃이 되어 우리와 함께 있는 거예요. 바람이 불 때 향기가 되어 우리를 찾아오는 거예요. 비 내릴 때 옆에서 함께 비를 맞는 거예요. 눈 되어 내리면 우리가 그 영혼을 모아서 눈바와 플로라를 다시 만들어요. 우리가 눈바와 플로라를 잊지 않고 기억하는 한 이렇게 우리는 영원히 함께 있는 거예요.”

봄꽃이 다투어 피어나던 날, 서 작가가 책방을 찾았다. 사진 작업을 마무리하는 중인데, 도깨비소에서 귀여운 새순을 발견했다며 마지막 사진을 보여주었다.

“선생님, 이것은 물매화 새싹이에요. 사람들은 다들 가을에 꽃이 피는 사진만 찍으러 오죠. 이렇게 동그랗고 귀여운 새싹일 때는 아무도 알아봐주지 않아요. 정말 조그맣고 귀엽죠?”

달아실한국소설 20

겨울 동화

1판 1쇄 발행	2024년 7월 31일
지은이	강기희
그린이	유진아
발행인	윤미소
발행처	(주)달아실출판사
책임편집	박제영
편집위원	김선순, 이나래
디자인	전부다
법률자문	김용진, 이종진
주소	강원도 춘천시 춘천로 257, 2층
전화	033-241-7661
팩스	033-241-7662
이메일	dalasilmoongo@naver.com
출판등록	2016년 12월 30일 제494호

ⓒ 강기희, 2024

ISBN 979-11-7207-022-9 03810